WILLIAM IRISH

Du crépuscule à l'aube

TRADUIT DE L'AMÉRICAIN PAR GÉRARD DE CHERGÉ

AVANT-PROPOS DE PAUL R. MICHAUD
ÉDITION ÉTABLIE PAR MARC A. MICHAUD

PIERRE BELFOND

Ces nouvelles sont extraites de
NIGHTWEBS
publié par Equinoxe/Avon Books

DU CRÉPUSCULE À L'AUBE

William Irish est né à New York en 1903. Ses parents étaient séparés, ce qui marqua profondément son œuvre. Son mariage dura quelques semaines, le blessant pour toujours. Il mourut, diabétique et alcoolique, en 1968. Immobilisé par une plaie au pied, six semaines, il se met à écrire en s'inspirant de Scott Fitzgerald. Son sens du suspense le rend rapidement célèbre; ses histoires se terminent, non par la dissolution de la terreur mais par son prolongement. Dans ses romans, ses nouvelles policières ou fantastiques, un climat lourd règne. La pauvreté, le hasard, les forces occultes, tout s'acharne sur l'individu solitaire ou mal aimé. Son œuvre passionna les cinéastes : La Mariée était en noir, La Sirène du Mississippi, On achève bien les chevaux, J'ai épousé une ombre, *tous ces films sont tirés de nouvelles d'Irish. Hitchcock s'inspira de lui pour* Fenêtre sur cour *et* Psychose.
Toute sa vie le destin le harcela. Il perdit toutes les femmes qu'il aima (y compris sa mère), tous les hommes, il était homosexuel, sa santé et le peu d'optimisme qu'il eût jamais eu. Son œuvre vira au noir, ne serait-ce que dans les titres : Black Alibi, Black Angel, Black path of fear, Rendez vous in black.
Avec l'amour pour leitmotiv et une prose teintée de poésie, William Irish est, pour certains, le frère d'Edgar Poe. Il est, de toute façon, l'un des plus grands auteurs de suspense de la littérature policière.

Le hasard fait souvent mal les choses. Bien des accusés le sont à tort et bien des meurtres n'ont pas été voulus. Dans ce recueil, William Irish a le sens des coïncidences qui mènent à la mort. Mort soupçonnée comme dans *Meurtre au snack* et *L'Inspecteur n'aime pas se presser,* mort camouflée en vie dans *Danse macabre.* Ces nouvelles ont pour décor l'hôtel minable, le dancing populaire, l'arrière-salle du commissariat. Pour époque, les années noires. Pour thème, l'amour, le malheureux traqué par des puissances qui lui échappent.
La première nouvelle, *Du crépuscule à l'aube,* qui donne son titre au recueil, nous en apprend davantage sur l'angoisse des années 30 que des volumes entiers d'histoire sociale. Celle intitulée *Danse macabre* est la vision fantastique d'une réalité sordide. Dans *L'Inspecteur n'aime pas se presser,* le temps s'écoule par fraction de seconde, faisant croître le suspense à son paroxysme. Désespérance, extrême solitude et quelques lueurs de tendresse humaine, telle est l'atmosphère des nouvelles d'Irish qui eut le don de transformer ses années de misère morale, son enfer personnel, en une œuvre littéraire bouleversante.

ŒUVRES DE WILLIAM IRISH

Dans Le Livre de Poche :

FENÊTRE SUR COUR.
DIVORCE À L'AMÉRICAINE.
NEW YORK BLUES.
TOUS LES COUPS SONT PERMIS.

LA VALSE DANS LES TÉNÈBRES[1] DE WILLIAM IRISH

ANDRÉ GIDE, à qui l'on demandait en 1943 de citer le meilleur romancier américain, répondit sans hésitation : Dashiell Hammett (car, ajoutait l'auteur de *L'Immoraliste*, Hammett n'a jamais laissé la morale corrompre son art); Albert Camus désigna Raymond Chandler.

Si l'on avait posé cette question à André Malraux, il aurait très certainement cité Cornell Woolrich, alors à son apogée en Amérique, mais qui ne devait être connu en France, sous le nom de William Irish, qu'après la Libération. S'ils combattaient leur ennemi commun par des moyens différents, Malraux et Irish partageaient la même conception de la condition humaine, qui opposait l'homme à un univers indifférent et oppressant. L'homme était Job, et il ne pouvait faire grand-chose pour conquérir son destin : écrire, peut-être, encore qu'aucun écrivain ne fut jamais sûr que l'écriture fût le salut.

1. D'après *Waltz into Darkness,* titre original de *La Sirène du Mississippi,* célèbre roman de William Irish.

Au Mexique, le jeune Irish éprouvait déjà les sentiments du héros de *La Voie royale* de Malraux : « J'avais l'impression d'être pris au piège... comme un malheureux insecte emprisonné dans un verre renversé et qui essaie de grimper sur la paroi, mais il n'y arrive pas, il n'y arrive pas, il n'y arrive pas. »

Toute sa vie, le destin continua de harceler Irish de toutes les façons imaginables : il perdit toutes les femmes qu'il aima (y compris sa mère), tous les hommes (Irish eut un grand nombre d'amants, même s'il ne put jamais se résoudre à accepter son homosexualité), il perdit également sa santé et le peu d'optimisme qu'il eût jamais eu. « Où me suis-je trompé ? » deviendra la constante complainte de sa vie et le mot « noir » le fréquent refrain de son œuvre : *The Black Curtain, Black Alibi, Black Angel, Black Path of Fear, Rendez-vous in Black, The Bride Wore Black...* car, pour Irish, la vie évoquait les ténèbres; fait significatif, il ne pouvait accepter le monde extérieur que la nuit (encore la nuit avait-elle des yeux...).

Son destin paraît l'avoir poursuivi au-delà de la tombe. Les œuvres d'Irish sont plus que jamais introuvables aux Etats-Unis, ce pays dont il a parlé d'une manière si poignante. Les tentatives répétées de ses amis Francis M. Nevins et Michael Avallone pour le faire nommer « grand maître » par les *Mystery Writers of America*[1] – titre qui fut attribué, entre autres, à des maîtres comme Ellery Queen et Chandler – n'ont donné aucun résultat.

Dans une note manuscrite de ses Mémoires inachevés, une note écrite alors qu'il se savait mourant (on venait de l'amputer d'une jambe),

1. Association des écrivains américains de mystère.

Irish expliquait : « Je n'ai pas écrit ceci pour faire un exercice de style, ni même pour qu'on le lise; je l'ai écrit pour moi, et pour moi seul. C'est ainsi que ça s'est passé. C'est ainsi qu'il fallait le raconter. Ça me donne le cafard de regarder le passé, mais je veux le regarder une dernière fois, avant qu'il ne s'enfuie à jamais. »

La qualité essentielle de William Irish est peut-être là : sa volonté, voire son besoin, de regarder en arrière, de regarder l'adversité en face et de capter une vision fugitive d'un passé qui n'était sans doute pas beaucoup mieux que le présent, mais qui semblait l'être. Comme le Saturne de Malraux, Irish créa un monde nouveau à partir de sa propre angoisse.

C'est probablement Michael Avallone qui a le mieux exprimé ce monde dans l'éloge qu'il prononça aux funérailles d'Irish, à New York, le 28 septembre 1968 :

GRAND MAÎTRE[1]

(Cornell Woolrich-William Irish, 1903-1968)

When ladies are phantom and brides are black
And deadlines at dawn are still coming
When thousand-eyed nights and rear windows [*clack*
Will madness' dark melody be humming?
When dead men marry and boys cry murder
And marijuana is fright's rendezvous
If the dead could talk, who will have heard her?
An danced with a detective too?
When paths of fear and alibis are black
And the nightmare is hung on your tree

1. Ce poème, impossible à rendre en français, a été composé à partir des titres originaux de plusieurs romans et nouvelles de William Irish.

When an after dinner party's in the back
Will you waltz into darkness with me?

PAUL R. MICHAUD
Providence, Rhode Island
12 septembre 1980

INTRODUCTION

Une vieille espadrille fut la cause de tout, une vieille chaussure de gymnastique en toile à semelle de caoutchouc. Elle lui écorcha sévèrement le talon, la plaie s'infecta et le médecin lui ordonna de garder la jambe surélevée pendant six semaines. Lorsqu'il recommença à marcher, il avait terminé le premier jet d'un roman. Le début fut aussi simple que cela. A un détail près : dans son autobiographie inachevée, il explique que ce fut une jaunisse qui le retint immobilisé – et non une blessure au talon – et qu'il guérit bien avant d'avoir achevé ce premier roman. Où est la vérité, la défaillance de la mémoire ? Rien n'est simple.

Cornell George Hopley-Woolrich naquit à New York le 4 décembre 1903 et passa une grande partie de son enfance à voyager en Amérique latine avec son père, ingénieur des travaux publics. Durant les révolutions mexicaines antérieures à la première guerre mondiale, il collectionna les vieilles cartouches de fusil – passe-temps prémonitoire si l'on considère sa future carrière. Il semble avoir été quelque peu ballotté entre ses parents : pendant l'année scolaire, il vivait à New York avec sa mère, une femme très en vue dans la haute société, et pendant les vacances il voyageait avec son père. Ce n'était pas la façon la plus saine de traverser l'adolescence; cela marqua profondément sa vie et son œuvre.

Au début des années 20, il entra à l'université Columbia, où il eut pour condisciple un homme qui devait connaître, en tant qu'historien des idées, la même notoriété que Woolrich en tant qu'écrivain. Jacques Barzun suivit avec Woolrich des cours de créativité littéraire et de technique romanesque. (Cette discipline était enseignée par Harrison R. Steeves, qui écrivit lui-même, en 1941, un mémorable roman policier intitulé Good Night, Sheriff.*) Barzun se souvient de Woolrich comme d'un jeune homme timide, introverti, déjà dominé par sa mère et vivement intéressé par la littérature. Woolrich aurait obtenu son diplôme en 1925 si n'avait eu lieu l'incident qui le lança dans le métier d'écrivain. Il abandonna alors ses études pour écrire à plein temps.*

Il existe très peu de photos de Woolrich mais on trouve dans le chapitre 5 de I Wake Up Screaming *(1941), un roman de Steve Fisher, écrivain contemporain de Woolrich, une intéressante description qui pourrait s'appliquer à lui : « Il avait les cheveux roux, la peau blanche, délicate, les sourcils roux et les yeux bleus. Il avait l'air malade et ressemblait à un cadavre. Ses vêtements étaient trop grands pour lui... Il était chétif, livide et acerbe. Doté d'un humour macabre, il parlait d'une voix nasillarde, à croire qu'il pleurait. Il avait peut-être eu la tuberculose. Il ne paraissait pas de taille à résister à un coup de vent. » Dans le livre, ce personnage s'appelle Cornell.*

Le premier roman de Woolrich, Cover Charge, *fut publié en 1926. Dès le premier paragraphe, son style si caractéristique est déjà présent :*

« Des appliques étaient allumées sur les murs; d'une soucoupe orange s'étirait, haletant, un mince filet bleuté au-dessus d'une cigarette expirante. » Son second roman, Children of the Ritz *(1927), remporta le premier prix – 10000 dollars – d'un concours organisé conjointement par* College Humor *et par la* First National Pictures, *qui porta le livre à l'écran en 1929. Woolrich fut invité à Hollywood pour collaborer à l'adaptation et, durant son séjour, il tomba amoureux de la fille d'un producteur. Il l'épousa, mais elle le quitta au bout de quelques semaines et obtint par la suite l'annulation du mariage. Woolrich retourna alors à New York et à sa mère. Il publia quatre autres romans :* Times Square *(1929),* A Young Man's Heart *(1930), partiellement autobiographique,* The Time of Her Life *(1931) et* Manhattan Love Song *(1932). Toutes ces œuvres de jeunesse étaient fortement inspirées de Scott Fitzgerald, qui resta jusqu'au bout l'un des auteurs favoris de Woolrich; mais elles étaient en même temps authentiquement « woolrichiennes », avec l'amour pour leitmotiv et une prose teintée de poésie.*

Outre ces six romans, Woolrich publia entre 1926 et 1932, dans divers magazines, un certain nombre de nouvelles, deux articles et un feuilleton. Mais en 1933 pas un seul mot n'apparut sous sa signature : la Dépression l'avait rattrapé. Il écrivit cependant un autre roman cette année-là – intitulé I Love You, Paris *– qu'il ne parvint pas à vendre et finit par jeter à la poubelle. Néanmoins, à la fin de sa vie, il assura que quelqu'un, à Hollywood, avait lu le manuscrit pendant qu'il faisait le tour des producteurs et en avait tiré un film sans son autorisation. Quoi qu'il en soit, Woolrich en arriva à détester ses œuvres de cette* *période : « Il aurait beaucoup mieux valu que tout ce que j'avais fait jusqu'alors eût été écrit à l'encre sympathique et qu'on eût jeté le réactif », commente-t-il dans son autobiographie.*

Sa seconde chance se présenta vers le milieu de l'année 1934, quand il se tourna vers un nouveau marché et un nouveau genre d'histoire. Sa première nouvelle policière, Une dent contre le dentiste, *débutait ainsi :*

Il y avait un client devant moi dans la salle d'attente. Il était assis, tranquille et humble, avec cet air terriblement résigné des gens très pauvres.

Ces mots marquaient le début d'une nouvelle vie créatrice; et, de même que le style de Woolrich était déjà caractéristique dès le premier chapitre de son premier roman, les éléments de sa première nouvelle policière étaient déjà typiquement woolrichiens. L'évocation de New York en pleine Dépression, l'intégration de la Dépression (en l'occurrence ses effets sur la profession de dentiste) dans la structure de l'histoire, la méthode sophistiquée utilisée pour le meurtre (ici, du cyanure dans un plombage), tout cela, nous le retrouverons bien souvent dans son œuvre.

Les deux autres nouvelles policières qu'écrivit Woolrich en 1934 sont tout aussi caractéristiques. Walls That Hear You *montre l'intrusion du démoniaque dans l'existence routinière du héros, dont la vie se transforme soudain en cauchemar lorsqu'il retrouve son frère cadet les dix doigts coupés et la langue arrachée.* Bout d'essai *est la première d'une longue série d'histoires se déroulant dans les milieux du cinéma; la méthode insolite utilisée pour le meurtre — l'assassin met le feu à une actrice vêtue d'une robe à crinoline inflammable – rappelle l'un des romans de jeunesse de l'auteur,* Times Square, *où il exploitait la même idée dans un contexte non policier.*

Les dix nouvelles policières que publia Woolrich en 1935 étaient de qualité inégale mais d'une incroyable diversité; à elles toutes, elles contenaient déjà presque tous les thèmes, les procédés et les convictions qui forment le noyau de l'œuvre de Woolrich. Murder in Wax *est son premier récit écrit à la première personne et où le narrateur est une femme.* The Body Upstairs *est une histoire policière toute simple, qui illustre la brutalité de la police et la suprématie de l'intuition sur le raisonnement dans la découverte du coupable.* Kiss of the Cobra *est encore un récit d'intrusion du démoniaque dans la vie quotidienne : on y voit le beau-père du héros, un veuf, ramener chez lui une nouvelle épouse, une prêtresse hindoue aussi invraisemblable que grotesque; à noter cependant une scène de suspense typiquement woolrichienne autour d'une cigarette empoisonnée.* La Liberté éclairant le mort *est une histoire classique mais très enlevée ayant pour cadre l'intérieur de la statue de la Liberté – décor qu'Alfred Hitchcock, si proche de Woolrich par sa vision du monde et par sa technique, devait reprendre sept ans plus tard dans* Cinquième Colonne. Rythme de mort *nous conte le tragique destin d'un compositeur et chef d'orchestre de jazz qui en apprend trop sur une secte vaudou de La Nouvelle-Orléans; cette nouvelle marque la première apparition d'une puissance qui dominera bientôt l'imagination de Woolrich : la puissance maléfique qui s'acharne sur l'homme.* Un cadavre sur les bras *– la plus connue et, pour moi, la meilleure des nouvelles de l'année 1935 – nous mon-*

tre un jeune garçon qui, découvrant que son père a tué sa seconde femme infidèle, tente désespérément de camoufler le meurtre en transportant le cadavre jusqu'au pavillon où la femme avait rendez-vous avec son amant. Le récit de l'équipée du garçon avec le cadavre enveloppé dans un tapis est le premier de ces superbes morceaux de suspense que seul Woolrich réussissait aussi bien, et les implications psychologiques de l'histoire laissent entrevoir ce que pouvaient être les relations de l'auteur avec ses parents. Danse macabre est un suspense classique d'ironie amère, qui reprend le thème du marathon de danse utilisé par Horace McCoy dans son premier roman, On achève bien les chevaux, paru la même année. Dans The Death of Me, Woolrich adapte pour la première fois un thème de James M. Cain sur lequel il devait broder des douzaines de variations au fil des ans : l'homme qui échappe aux conséquences du crime qu'il a commis mais se fait pincer pour un autre dont il est innocent. The Showboat Murders est un récit d'action pure, où l'intrigue est des plus minces mais le rythme haletant; le souci du détail précis dans la description des mouvements – même en pleine fusillade – reflète le désir qu'avait Woolrich dans sa jeunesse d'être danseur. Sa dernière histoire de cette même année, Hot Water, ne vaut pas grand-chose, mais le choix des personnages – une star d'Hollywood et son garde du corps – fournit une nouvelle preuve de l'influence du cinéma sur l'auteur.

Fin 1935, Woolrich était devenu un professionnel : entre 1936 et 1939, il publia dans des magazines deux feuilletons – de la longueur d'un roman – et au moins 105 nouvelles, du récit ultra-court à la novelette. Fin 1939, on trouvait régulière-

ment son nom au sommaire des meilleures revues policières de l'époque – Argosy, Black Mask, Detective Fiction Weekly, Dime Dctective. *Cette centaine d'histoires sont étonnantes tant par leur unité – pas une seule qui ne soit marquée du style, du ton et des préoccupations propres à Woolrich – que par leur diversité. Elles comprennent des récits d'aventures historiques* (Black Cargo, Holocaust), *des tentatives d'humour burlesque* (Off in the Silly Night), *des histoires de flics psychologiquement terrifiantes* (Detective William Brown), *des récits haletants, où l'action et la violence priment tout* (Du crépuscule à l'aube, Panique dans le métro), *des cauchemars à faire dresser les cheveux sur la tête* (Des tombes pour les vivants), *des contes empreints d'une ironie amère* (La vie est parfois étrange), *de petites histoires toutes simples où le détective futé prouve que l'accident ou le suicide apparents étaient en réalité un meurtre* (A mourir de rire, Un pneu à plat), *des histoires de crime et de châtiment, faisant appel à des éléments surnaturels* (Mystery in Room 913), *des courses contre la montre, chargées d'une tension insupportable* (On te fera la peau, Johnny, En haut des marches) *et des tragédies de suspense et d'horreur, déclenchées par des puissances dont l'homme est le jouet* (Je ne voudrais pas être dans tes souliers).

Au terme de la décennie, Woolrich avait fait exclusivement siens certains décors – l'hôtel minable, le dancing populaire, l'arrière-salle de commissariat, le cinéma miteux – et certains thèmes : la course contre la montre, l'usure de l'amour et de la confiance, le malheureux traqué par des puissances qui lui échappent. Ces puissances mauvaises qui détruisent la vie des gens revê-

*tent diverses formes. Elles peuvent être personnelles, comme dans ces histoires où l'ange de la vengeance, en punissant des crimes contre lesquels la loi est impuissante, détruit souvent l'innocent en même temps que le coupable – ou à sa place (*Un plat qui se mange froid, Quelqu'un au téléphone*). Elles peuvent être socio-économiques, comme dans ces histoires où de petites gens sont acculés au meurtre par la Dépression (*La nuit où je mourus, Adieu New York*). Elles peuvent également être métaphysiques, comme dans cette situation terrifiante que l'on rencontre dans ce que j'appellerai l'histoire woolrichienne par excellence : deux choix seulement sont possibles mais aucun n'est compatible avec les faits connus et chacun entraîne la destruction de vies innocentes (*Je ne voudrais pas être dans tes souliers*). Quelle que soit la forme que prennent les forces mauvaises, elles détruisent.*

En lisant les mémoires d'écrivains contemporains de Woolrich – entre autres The Pulp Jungle *(1967), les Mémoires du défunt Frank Gruber – on peut se faire une idée de la vie de Woolrich et des puissances qui le rongeaient. Nous en retirons l'impression d'un homme effroyablement introverti, vivant seul à l'hôtel avec sa mère, ne sortant qu'en cas de nécessité absolue, sa vie quotidienne entièrement régie par la personnalité dominatrice de Claire Attalie Woolrich, tandis que sa vie intérieure et son œuvre exprimaient, sous la forme de récits torturés et terrifiants, les refoulements et les frustrations dans lesquels il suffoquait.*

En 1940, Woolrich publia son premier roman policier, La mariée était en noir, *qui devint rapidement – et demeure encore aujourd'hui – un classique de la littérature de suspense. Son thème réussissait à préserver dans ses propres adaptations un peu de cette atmosphère woolrichienne unique, malgré les limites inhérentes à la formule des pièces radiophoniques. Et de temps à autre, comme dans l'adaptation qu'il fit de son roman* Retour à Tillary Street, *dans l'émission* Suspense *du 12 mars 1943, il concevait une pièce assez puissante pour soutenir la comparaison avec ses meilleures œuvres littéraires.*

Comme si tout cela ne suffisait pas, Woolrich continuait à écrire des romans – en trop grand nombre pour pouvoir les publier sous un seul nom. Il montra l'un de ces manuscrits à Whit Burnett, qui avait déjà publié quelques nouvelles de lui dans Story; Burnett le soumit aux Editions Lippincott, lesquelles acceptèrent de le publier. Comme Simon & Schuster – qui publiaient alors les romans « noirs » – détenaient l'exclusivité du nom Cornell Woolrich, il fallait un pseudonyme. Woolrich et Burnett le trouvèrent ensemble; ils choisirent William Irish. Woolrich avait-il rencontré cet obscur écrivain treize ans auparavant, à une soirée à Hollywood, et avait-il inconsciemment gardé ce nom à l'esprit pendant tout ce temps ? Si oui, il avait dû l'oublier complètement, car l'existence d'un « vrai » William Irish était encore pratiquement inconnue récemment.

Le roman que Lippincott publia sous le pseudonyme de Irish était, bien sûr, le classique Lady Fantôme *(1942), chef-d'œuvre suprême centré sur le thème de la course contre la montre pour sauver un innocent de l'exécution. Le second roman signé Irish,* L'Heure blafarde *(1944), a une structure irritante – la majeure partie du livre est une série d'impasses – mais décrit superbement New York la nuit, le désespoir tranquille de ceux qui marchent dans ses rues désertes, et une course de vitesse non plus contre le bourreau mais contre la villc et le lever du soleil. Dans* Les yeux de la nuit *(1945), publié sous le pseudonyme de George Hopley, l'atmosphère de cauchemar atteint des sommets de puissance : un ermite aux étranges pouvoirs a prédit à un milliardaire qu'il allait mourir dans la gueule d'un lion; nous suivons les efforts frénétiques de la fille du mort en sursis et de la police pour écarter une menace qui, espèrent-ils, a été conçue par un simple cerveau humain.* La sirène du Mississippi *(1947), qui se déroule dans La Nouvelle-Orléans de 1880, est un médiocre roman : le héros est un tel rustre, l'héroïne une telle garce qu'ils sont en définitive plus risibles que tragiques; le livre contient néanmoins de saisissantes évocations de l'amour et de la solitude. Le dernier roman signé Irish des années 40,* J'ai épousé une ombre *(1948), est, comme* Je ne voudrais pas être dans tes souliers, *une histoire woolrichienne par excellence : une femme totalement démunie fuyant un mari sadique est blessée dans un accident de chemin de fer; prise pour une autre femme, riche et comblée, elle saisit cette chance inespérée de recommencer sa vie sous une nouvelle identité, tombe de nouveau amoureuse et court à sa perte avec l'homme qu'elle aime. Le roman culmine dans ce terrifiant paradoxe woolrichien où deux choix seulement sont logiquement possibles et où les deux ruinent des vies innocentes. « Je ne sais pas quel était ce jeu... Je comprends simplement que nous avons dû mal jouer, faire une erreur quelque part... Nous avons perdu. C'est tout ce que je sais. Nous avons perdu. Et maintenant la partie est terminée. »*

Après 1948, Woolrich publia peu de choses : un roman sous chacun de ses trois noms en 1950-1951 et une novelette fin 1952. Si l'on se souvint de lui au début des années 50, c'est essentiellement grâce à Ellery Queen – qui réimprima dans son magazine quantité des premières nouvelles de Woolrich – et à Alfred Hitchcock, dont Fenêtre sur cour *(1954) donnait une idée du potentiel cinématographique de Woolrich, même s'il ne subsistait dans le film que peu d'éléments proprement woolrichiens.*

Le silence de Woolrich durant les années 50 s'explique probablement, dans une certaine mesure, par la maladie prolongée de sa mère : ayant passé la plus grande partie de sa vie avec elle, emprisonné dans une relation intense, presque pathologique, de haine amoureuse, il fut incapable d'écrire durant les dernières années de sa vie. En plusieurs occasions, il fit passer pour de nouvelles œuvres d'anciennes histoires légèrement remaniées, trompant ainsi à la fois les éditeurs et le public.

La mère de Woolrich mourut en 1957. Peu après, son fils sortait un nouveau livre, le premier depuis sept ans :

Pour
Claire Attalie Woolrich
1874-1957
In Memoriam

Ce livre, notre livre

Hotel Room *(1958) est un recueil d'histoires – non policières pour la plupart – ayant pour cadre un hôtel de New York à différentes périodes de son histoire, depuis les premières années de sa splendeur jusqu'aux derniers jours précédant sa démolition. L'hôtel St. Anselm était apparemment un amalgame de tous les hôtels victoriens sans âme dans lesquels Woolrich avait vécu avec sa mère; ces histoires marquent le début de* *la dernière période de Woolrich, celle pendant laquelle il n'écrivit qu'une poignée de nouvelles, des « histoires d'amour et de désespoir » (pour reprendre le sous-titre d'un recueil qu'il préparait au moment de sa mort). La meilleure histoire de Woolrich, de cette époque, quoique conçue à l'origine comme un chapitre d'*Hotel Room, *fut extraite à la dernière minute et parut séparément dans le* Mystère Magazine *d'Ellery Queen sous le titre* Le créateur.

En 1959, Avon publia Beyond the Night, *un recueil de nouvelles consacré essentiellement aux incursions de Woolrich dans le surnaturel. Trois des six histoires étaient présentées comme inédites, mais en réalité* My Lips Destroy *et* The Lamp of Memory *avaient déjà paru une vingtaine d'années auparavant. La seule histoire totalement nouvelle, l'une des meilleures parmi les dernières, était* Guet-Apens, *un petit conte amer qui est inclus dans ce volume. L'année 1959 vit également la publication du dernier – et pire – roman de Woolrich,* Death is my Dancing Partner, *dans lequel il reprenait les thèmes de* Je ne voudrais pas être dans tes souliers, *de* Rythme de mort *et de* La sirène du Mississippi, *mais en les noyant dans des flots de guimauve sentimentale. Le livre raconte l'histoire de Mari, danseuse dans le temple de Kali, déesse de la mort, et de Maxwell Jones, un chef d'orchestre de troisième ordre (sans rapport avec celui de* Une nuit à Barcelone, *malgré l'homonymie) qui voit dans cette danse le moyen de pénétrer dans la fameuse pièce du haut, en dépit de la légende selon laquelle, à chaque exécution de la danse de mort, Kali réclame une victime. En réalité, Woolrich, dans cet ultime ouvrage, revenait aux romans sentimentaux qu'il avait écrits pendant son séjour à l'université et juste après.*

Ainsi s'écoulèrent, dans la tristesse, les dernières années. Woolrich, devenu diabétique et alcoolique, était obsédé par la crainte d'être homosexuel; il avait perdu de vue la plupart de ses rares relations. Il demeura plus ou moins en contact avec quelques écrivains comme Michael Avallone et Robert L. Fish, avec ses éditeurs Frederic Dannay et Hans Stefan Santesson, avec un universitaire (le professeur Donald A. Yates, du Michigan) et avec quelques hommes d'affaires – c'est tout. Il n'avait jamais cru en Dieu; toute sa vie, il avait brûlé du désir de croire en l'amour mais rien n'avait marché pour lui; à présent, il ne croyait plus en lui-même. Il allait parfois à une réception, apportant dans un sac en papier sa bouteille de vin bon marché, et il restait seul dans son coin toute la soirée. Si une personne venait lui dire à quel point elle admirait son œuvre, Woolrich grognait : « Vous ne pensez pas ce que vous dites » et se réfugiait dans un autre coin. De temps en temps paraissait dans Mystère Magazine *ou dans* Le Saint Magazine *un tout petit nombre de nouvelles inédites, que ceux qui aimaient son œuvre attendaient avec impatience et commentaient passionnément. Bien sûr, aucune d'elles n'égalait en puissance les grands romans et les nouvelles des années 30 et 40; la plupart étaient pleines d'angoisse, d'amertume et de dégoût de soi.*

En 1965 parurent deux autres recueils de nouvelles. The Ten Faces of Cornell Woolrich, *préfacé par Ellery Queen, était de haute qualité, mais sept histoires sur les dix étaient extraites de précédents recueils.* The Dark Side of Love *réunissait huit nouvelles de la dernière période de l'au-*

teur, dont trois inédites que divers magazines avaient refusées. La puissance hypnotique de son dégoût de soi, sa soif éperdue d'un peu d'amour imprègnent ces histoires et les rendent difficiles à oublier, aussi médiocres soient-elles objectivement. Et puis le volume renferme malgré tout deux bonnes nouvelles : Tous les coups sont permis, *une évocation un peu bâclée mais cauchemardesque de la police de New York, assimilée à la Gestapo, et* Trop beau pour mourir, *un petit joyau d'ironie amère sur l'injustice flagrante de cette loterie que nous appelons le monde.*

Il n'y eut pas d'autres recueils publiés de son vivant, et à peine une demi-douzaine de nouvelles. Son état continua à se détériorer. Il contracta la gangrène à la jambe et ne se soigna pas; quand les médecins l'examinèrent, il ne restait plus qu'à amputer. Il dut penser alors qu'il était sur le point de mourir, car il raconta l'histoire de sa vie à l'aumônier de l'hôpital et déclara qu'il voulait revenir à la foi catholique dans laquelle il avait été baptisé. Conversion sincère ou réflexe de crainte, la réponse n'est pas claire. En tout cas, il resta isolé, solitaire, confiné dans un fauteuil roulant, incapable d'apprendre à marcher avec une jambe artificielle. Il mourut d'une attaque quelques mois plus tard, le 25 septembre 1968, sans laisser d'héritiers. Il légua ses biens – près de un million de dollars – à l'université Columbia pour créer une bourse destinée aux étudiants en créativité littéraire. La bourse porte le nom de sa mère.

Pourquoi Woolrich est-il non seulement l'un des plus grands auteurs de suspense de toute la littérature policière, mais également un écrivain central est l'ange de la vengeance : le mari de Julie Killeen a été tué sur les marches de l'église où ils viennent de se marier; le lecteur suit Julie alors qu'elle traque patiemment et exécute, un par un, le conducteur ivre et ses quatre copains qu'elle tient pour responsables de cette mort. Mais un flic nommé Lew Wanger retrouve la piste et poursuit la chasseresse au fil des années. Leurs chemins se rencontreront finalement sur un coin de terre isolé et les deux protagonistes se trouveront brusquement en présence des puissances mauvaises de Woolrich. La Mariée fut suivie de cinq autres romans en huit ans, chacun comportant le mot « noir » dans le titre : Le Rideau noir[1] (1941), Alibi noir (1942), L'Ange noir (1943), Une peur noire (1944), et enfin Rendez-vous en noir (1948), qui reprend le même thème que le premier roman à suspense de Woolrich, bouclant ainsi la boucle.

Au début des années 40, Woolrich ralentit quelque peu sa production de nouvelles : onze furent publiées en 1940, onze en 1941, six en 1942, dix en 1943. Mais on trouvait parmi celles-ci des classiques tels que Tout à coup, plus d'Alice, On vous attend en bas, Une dernière fois, Kathleen, Le chasseur et sa proie et Marihuana. Une partie de l'énergie que Woolrich, durant les années 30, avait consacrée à des récits pour les magazines s'orientait maintenant vers une nouvelle formule : la pièce radiophonique. Bon nombre de ses histoires étaient toutes désignées pour l'adaptation et la diffusion, et quelquefois Woolrich écrivait lui-même les versions pour la radio. A en juger d'après les émissions que j'ai entendues, il

1. Traduits respectivement sous les titres « Retour à Tillary Street » et « Ange ».

que d'aucuns considèrent comme l'égal de Poe? Peut-être pourrons-nous suggérer des réponses à ces questions en étudiant les aspects fondamentaux de l'univers woolrichien.

A la fin d'un roman policier de type « classique-énigme », la curiosité intellectuelle qui s'est éveillée en nous au fil de l'intrigue est satisfaite, chaque fragment de l'histoire a reçu sa raison d'être; nous pouvons voir, avec le recul, l'ensemble des fragments s'insérer dans une mosaïque rationnelle et harmonieuse. De même, à la fin d'un roman de suspense « orthodoxe », la panique que nous avons éprouvée à la lecture s'est dissipée : les démons ont été dispersés, le monde est de nouveau sans abîmes. Dans son grand film Rashomon (1950), Akira Kurosawa a inversé la convention du problème formel en racontant l'histoire d'un meurtre et en montrant qu'aucune explication rationnelle n'est possible. C'est précisément ce que Woolrich avait fait plusieurs fois, au moins une douzaine d'années avant Kurosawa, en inversant non seulement la convention de l'histoire à énigme mais également — de façon encore plus caractéristique — celle du récit à suspense. Les histoires à suspense woolrichiennes se terminent non par la dissolution de la terreur mais par son prolongement. Car le monde de Woolrich est contrôlé par des puissances qui prennent plaisir à nous détruire. Elles sont inaccessibles à la bonté humaine, leurs moyens ne sont pas les nôtres et contre elles nous sommes sans recours.

La nature du dieu de l'univers woolrichien est le thème de bon nombre de ses nouvelles. Dans Les yeux de la nuit (1945) nous voyons cette nature en direct, dans toute sa puissance et sa méchanceté; mais le plus souvent, nous la voyons *seulement reflétée dans la nature de l'univers lui-même : chaotique, irrationnel, livré au démoniaque, comme dans* Je ne voudrais pas être dans tes souliers *et* J'ai épousé une ombre. *Un portrait vivant du dieu woolrichien est esquissé dans* Erreur, soldat! *où l'on voit un soldat psychologiquement perturbé revenir dans sa ville natale après la seconde guerre mondiale. Alors qu'il attend dans l'obscurité, sur le trottoir en face de l'appartement de son amie, il est confronté à un ensemble de preuves circonstancielles dont l'effet inévitable est d'insinuer dans son esprit la conviction irrésistible qu'elle a couché avec un autre homme. Dans une scène rappelant vaguement* Othello, *il étrangle la fille et sort de l'appartement, comme en transe. Presque aussitôt, son traumatisme revient et les rues nocturnes se transforment pour lui en champ de bataille. Il tente de creuser une tranchée dans le trottoir, de ses mains nues et ensanglantées. Il prend un passant dévoué pour un lieutenant et le salue. Finalement conduit à l'hôpital, il en sort à peu près complètement brisé, sans autre ressource que d'attendre la délivrance de la mort. « Il fallait l'attendre, que vouliez-vous faire d'autre? C'était un ordre. D'un lieutenant. Un autre, que vous n'aviez jamais vu. Mais il vous l'avait donné quand même; il fallait obéir. » Là-dessus, le soldat et le lecteur apprennent en même temps que la fille était fidèle, que les preuves accumulées n'avaient été que « coïncidence » et que le concierge de l'immeuble où habitait cette fille venait d'être exécuté pour le meurtre. Moins d'une demi-page après, nous suivons de nouveau les pensées du soldat : « Il fallait être patient et attendre, c'est tout. On ne posait pas de questions à un lieutenant. » Compte tenu de ce que Wool-*

rich nous a montré, il ne serait pas déraisonnable de conclure que, là encore, il n'y a pas de lieutenant – autrement dit, que le seul dieu est la chance – s'il n'y avait ce fait, inéluctable : la chaîne des événements est tellement dépendante de coïncidences mutiples qu'il doit y avoir sous ces événements un peu plus que de simples coïncidences. Quand les circonstances sont à ce point complexes, il ne peut être question de hasard; mais s'il s'agit ici d'un dieu, c'est implicitement un dieu sans lequel nous serions beaucoup plus heureux. Et la seule réponse possible des victimes de ce dieu est celle d'Helen dans J'ai épousé une ombre : « *Nous avons perdu. C'est tout ce que je sais. Nous avons perdu, nous avons perdu.* »

Le monde réel, quotidien, n'est pas plus réconfortant dans la vision de Woolrich que les puissances occultes, car la réalité dominante de ce monde est la Dépression. Très peu d'œuvres – relevant ou non du genre policier – peuvent égaler le portrait que brosse Woolrich du pauvre type affolé vivant dans un appartement minable, avec une femme et des enfants affamés, sans argent, sans travail, rongé par le désespoir. Des nouvelles comme Du crépuscule à l'aube *et* Adieu, New York *nous en apprennent davantage sur l'angoisse des années 30 que des volumes entiers d'histoire sociale. Et pourtant, ces nouvelles ne relèvent pas du simple reportage naturaliste; pour Woolrich, la Dépression n'est pas tant un fait social brut qu'un élément de son univers malfaisant.*

Si les forces surnaturelles ainsi que les forces socio-économiques de la Dépression nous prennent pour cibles, il en va de même pour la police. Celle-ci apparaît dans des douzaines de nouvelles de Woolrich, tantôt dans le rôle principal, tantôt à l'arrière-plan. Dans l'ensemble, Woolrich nous la présente comme unc puissance humaine tout aussi brutale et malfaisante que les sombres puissances occultes – leur équivalent terrestre, en quelque sorte. Pour créer cette impression, sa méthode caractéristique consiste à décrire l'incroyable brutalité de la police, considérée par tous – y compris par les victimes – comme parfaitement naturelle. Dans The Body Upstairs, une femme est assassinée et les policiers enfoncent des cigarettes allumées sous les bras de son mari jusqu'à ce que celui-ci, bien qu'innocent, s'apprête à avouer; et à ce moment-là, l'inspecteur l'enguirlande en lui reprochant d'être une poule mouillée! Dans Des tombes pour les vivants, les policiers, sur la foi du témoignage invraisemblable (mais néanmoins exact) d'un parfait inconnu, emmènent l'un des leurs dans un drugstore, flanquent le propriétaire dehors et versent de l'acide sur le flic jusqu'à ce qu'il confirme l'histoire. Meurtre au snack et Danse macabre, deux nouvelles traduites dans ce volume, traitent de manières différentes des brutalités policières.

Jamais Woolrich ne changea d'avis au sujet de la police. Dans l'une de ses dernières nouvelles, Tous les coups sont permis, une patrouille de policiers de New York, par vénération pour son capitaine mourant, poursuit et tue de sang-froid un ex-flic très vaguement responsable de la mort du fils du capitaine. La relation entre le capitaine agonisant et ses hommes est décrite très explicitement en termes de mysticisme racial évoquant le Führerprinzip de Hitler. Tout ce que les jeunes, les Noirs, les pauvres et les marginaux ont appris sur la police, Woolrich le savait déjà depuis longtemps.

Voici donc le monde dans lequel nous sommes

jetés. Woolrich nous dit qu'on ne peut rien y faire, sinon tenter de créer quelques minuscules îlots d'amour et de confiance qui pourront peut-être nous faire oublier, quelques instants, le monde dans lequel nous vivons. Toute sa vie, Woolrich désira aimer et être aimé; il voulait juste un peu d'amour, tout comme un homme perdu dans le désert soupire après quelques gouttes d'eau fraîche; mais il n'y parvint jamais. Ce fait explique probablement pourquoi il évoqua si souvent la puissance de l'amour, ses joies, ses risques et ses déchirements, avec un art aussi poignant.

Mais l'amour est si fragile, si passager, et on en trouve si peu... Dans le dernier chapitre de son roman inachevé The Loser *(publié sous forme de nouvelle indépendante sous le titre* The Release*) se trouve un passage fascinant, quand le protagoniste — sans doute un personnage autobiographique — parle à sa femme morte : « Je veux juste entendre ta voix. Juste entendre ta voix à mon oreille. Dis mon nom, simplement, Cleve, comme tu disais : Cleve. Dis-le juste une fois, ce sera mon adieu, ce sera mon viatique, mon éternité. Je ne veux pas de Dieu. Ce n'est pas un triangle. Il n'y a pas de place pour d'autres dans mon amour pour toi. Dis-le juste encore une fois. Si tu ne peux pas le dire en une fois, dis-le par bribes. Si tu ne peux pas le dire fort, dis-le dans un murmure. Cleve... ».*

Ce n'est peut-être pas de l'art tel qu'on le comprend ordinairement; le manque de discipline, de contrôle, semblerait l'exclure de cette catégorie. Et pourtant, le manque de contrôle émotionnel de Woolrich est l'élément crucial de son œuvre, non seulement parce qu'il intensifie la fragilité et le provisoire de l'amour mais parce qu'il détruit cette croyance sécurisante – évidente dans certaines œuvres maîtresses de l'imagination humaine, telle Œdipe Roi *– selon laquelle la noblesse est possible face au néant. Et si l'œuvre de Woolrich n'est pas de l'art tel qu'on le conçoit généralement, il existe un art plus fort que l'art, dont la forme n'est ni le roman ni la nouvelle mais le cri; et de cet art-là, Woolrich est sans aucun doute un maître.*

Le processus de dégradation de l'amour était pour Woolrich un thème aussi important que l'amour lui-même, il n'est d'ailleurs jamais aussi puissant que lorsqu'il décrit la lente corrosion du doute qui sape les fragiles fondations de l'amour et de la confiance entre deux personnes. Nous avons déjà vu ce thème dans Erreur, soldat! *On le retrouve dans* Je ne voudrais pas être dans tes souliers, Manège à trois, Un coup de sifflet comac, Charlie ne sera pas là ce soir, *et dans bien d'autres nouvelles. Dans la plupart de ces histoires, il existe une relation très étroite entre les deux personnages principaux : amants, mari et femme, père et fils, compagnons de chambre. Un meurtre – ou un grave délit – est commis, et une lente mais inexorable succession d'indices amène l'un des deux à la conclusion – ou à deux doigts de la conclusion – que l'autre est coupable. Le suspense naît de la lente exposition des preuves, de la lutte entre la confiance et le doute, et de notre propre ignorance de la vérité. Car, dans certains cas, le suspect se révèle innocent, les preuves accablantes étant le fait d'une série de coïncidences ou d'un coup monté; dans d'autres cas, le suspect est réellement coupable; dans d'autres cas encore, ni les protagonistes ni le lecteur ne connaissent le fin mot de l'histoire.*

La face ténébreuse de l'amour, les perversions

engendrées par l'amour ont toujours fasciné Woolrich, qui les a évoquées avec la même intensité brûlante, le même lyrisme qu'il mettait à décrire sa face lumineuse. On pense à Marie dans Crains la femme avant le serpent, *soumettant l'homme qu'elle aime à une épreuve cauchemardesque afin de détruire son ménage; on pense également à ces ténébreuses héroïnes typiquement woolrichiennes : les anges de la vengeance. Quand un être en aime passionnément un autre, cela peut donner lieu à de furieuses représailles pour venger une atrocité commise contre l'être aimé, représailles qui engendrent à leur tour d'autres atrocités. Ainsi dans* La mariée était en noir, *une veuve implacable passe des années à traquer et à tuer les quatre hommes qu'elle rend responsables – à tort – de la mort de son mari. Dans* Rendez-vous en noir, *un jeune homme fou de chagrin poursuit de sa haine un petit groupe dont l'un des membres a tué sa fiancée; il consacre sa vie à pénétrer dans l'intimité de chacun d'eux pour découvrir – et assassiner – l'être qu'ils chérissent le plus, afin que la personne qui a tué sa fiancée vive le même chagrin que lui. Dans* Le chasseur et sa proie *et* Tous les coups sont permis, *des flics vengeurs poursuivent et détruisent un homme qu'ils en sont arrivés à haïr pour ce qu'il a fait à une personne ou à une idée qui leur est chère.*

C'est un lieu commun de dire que, dans toute œuvre d'imagination importante, la forme et le contenu sont inséparables (sauf dans l'esprit du critique incompétent). La proposition s'applique aux œuvres de Woolrich; nous nous en tiendrons ici à quelques aspects de sa technique.

*Tout d'abord, nous devons considérer le concept d'*incohérence fonctionnelle. *Il est absolument indéniable que, de tous les géants du genre policier, Woolrich est le moins doué pour nouer une intrigue. Beaucoup de ses histoires, même parmi les meilleures, abondent en coïncidences incroyables, en contradictions et en invraisemblances, à tel point qu'Ellery Queen, l'un de ses plus ardents défenseurs, a fait remarquer qu'une histoire de Woolrich contient souvent des trous assez gros pour faire passer un camion à travers. Dans* Orphan Ice, *le commissaire priseur vole un tampon buvard sur le bureau d'un officier de police assis en face de lui et l'emporte sans se faire remarquer. Dans* Post Mortem, *le détective fait sauter les plombs, au sous-sol, au quart de seconde précis où le meurtrier, au rez-de-chaussée, jette un chauffe-eau électrique dans la baignoire d'une femme. Dans* Une dernière fois, Kathleen, *Bailey, en partant strictement de rien, enchaîne « déduction » abracadabrante sur « déduction » grotesque et se retrouve avec un portrait psychologique complet (et, qui plus est, parfaitement exact) du meurtrier. On pourrait citer encore le ridicule alibi de Colin Hughes dans* Une femme trop chic, *l'inepte mobile du coup monté contre Scott Henderson dans* Lady Fantôme, *et des douzaines d'autres exemples qu'ont certainement en mémoire les lecteurs attentifs de Woolrich. Néanmoins, cette incohérence est à la base d'une des plus grandes qualités de Woolrich : son aptitude, dans ses meilleures œuvres, à se servir des coïncidences, des contradictions et des invraisemblances pour communiquer sa noire vision du monde. Un écrivain consciencieux n'aurait pas pu concevoir* Je ne voudrais pas être dans tes souliers *ni* J'ai épousé une ombre, *où nous sommes confrontés à l'irréductible absurdité de l'univers, aucune explication ne pouvant rendre compte de tous les événements. Aucun créateur d'intrigues rationnel n'aurait dévoilé les traits de son dieu personnel en inventant une série de coïncidences comme celle qui conduit le héros de* Erreur, soldat ! *à penser que sa petite amie a couché avec un autre homme. Aucun romancier réputé compétent n'aurait évoqué la fanatique soif de justice d'Eric Rogers, dans* Le chasseur et sa proie, *en lui faisant poursuivre contre toute vraisemblance sa croisade pendant trois ans, sans le moindre soutien. Les dramaturges de l'Absurde ont amplement démontré qu'une histoire absurde est le mieux à même de refléter l'absurdité de l'univers; mais Woolrich avait découvert et appliqué ce principe bien avant eux.*

La seconde facette de sa technique à envisager est son émotivité exacerbée. *Woolrich arborait parfois en public le masque d'un petit coq batailleur, mais en réalité il vivait les nerfs à fleur de peau. Seul un homme d'une sensibilité anormale pouvait s'identifier si parfaitement à des femmes comme Bricky dans* L'heure blafarde, *Lizzie Aintree dans* Entre les mots *et Helen dans* J'ai épousé une ombre. *Seul un homme souffrant terriblement lui-même de la solitude et de la peur pouvait décrire avec une telle puissance le désespoir, la solitude et l'angoisse, comme dans la fameuse prière de Bricky à une horloge dans* L'heure blafarde.

Woolrich était bien plus que la victime de ses émotions les plus sombres; il les comprenait et, dans ses meilleurs moments, il savait les transformer en art.

La fièvre émotionnelle qui communique un tel

climat cauchemardesque aux grandes œuvres de Woolrich trouve sa contrepartie physique dans cet artifice typiquement woolrichien : la course contre le temps et contre la mort. *En intitulant le premier chapitre de* Lady Fantôme *« Le cent cinquantième jour avant l'exécution », il commence, avant même que Marcella Henderson soit étranglée, le compte à rebours au bout duquel son mari – innocent – doit être électrocuté. De même, dans* L'heure blafarde, *uniquement grâce aux titres des chapitres (« Une heure moins dix », « Deux heures », « Trois heures moins cinq »...), il nous fait sentir au plus profond de nous-même, comme si nous étions Quinns et Bricky, l'inéluctable approche de cette aube tant redoutée. Dans* On te fera la peau, Johnny, Meurtres à la seconde, En haut des marches, *et autres histoires de course contre la montre, il se sert du tic-tac des secondes pour créer une atmosphère de plus en plus insoutenable.*

On trouve quelques très belle lignes au début de La sirène du Mississippi :

Et soudain, un jour, la solitude accumulée de ces quinze années, refoulée jusqu'alors, le submergea tout d'un coup, l'inonda. Et il franchit le pas, non sans une certaine panique.

L'amour, d'où qu'il vienne, à n'importe quel prix. Vite, avant qu'il ne soit trop tard! Pourvu qu'il ne soit plus seul.

Cet homme, c'est Woolrich et c'est nous. C'est cela qui fait de la course contre la montre non plus un brillant procédé destiné à nous tenir en haleine mais une partie intégrante de l'univers woolrichien.

Les derniers aspects de la technique que nous

mentionnerons sont la peinture des personnages et l'identification. *La façon dont Woolrich dépeint les gens pris au piège de situations cauchemardesques ajoute à l'horreur du récit; d'un autre côté, les situations dans lesquelles se trouvent emprisonnés ses personnages lui sont indispensables pour décrire ces gens. Car, finalement, il y a très peu de « méchants » chez Woolrich : si une personne aime ou a besoin d'amour, si elle est menacée de mort ou de destruction, Woolrich est de son côté, il s'identifie tout naturellement à elle, quoi qu'elle ait pu faire. Dans ses meilleures histoires, il nous amène à nous identifier à toutes sortes de gens moralement perturbés. Il nous fait partager le supplice de Paul Stapp, ligoté et bâillonné dans son sous-sol, paralysé, tandis que la bombe à retardement qu'il a lui-même déclenchée mais ne peut plus atteindre approche de plus en plus de* Trois heures de l'après-midi. *Il nous fait compter les minutes avec le meurtrier Robert Lamont, dans* En haut des marches, *tandis que le bourreau, empoisonné à son insu mais encore valide, approche de plus en plus de la prison pour guillotiner Lamont. Il nous met dans la peau de King Turner, rendu fou par la drogue dans* Marihuana, *de Richard Paine, rendu fou par la Dépression dans* L'engrenage, *et de Johnny Marr, rendu fou par le chagrin dans* Rendez-vous en noir. *Il nous fait partager les derniers instants de Gary Severn, l'innocent, dans* Le chasseur et sa proie, *quand le chapeau d'acier lui tombe sur la tête et qu'il murmure d'une voix lasse : « Helen, je t'aime », juste avant que le courant ne le traverse; c'est l'une des scènes les plus émouvantes de Woolrich, et l'une des plus révélatrices de l'homme, de son œuvre, de sa façon de créer un univers et de son ardent désir d'amour.*

Alfred Hitchcock adapta une histoire de Woolrich en 1954 et une autre en 1957. Puis, en 1960, il tourna Psychose, *transformant un bon roman – sans plus – en l'un des films les plus sauvages et les plus fascinants qu'on ait jamais vus, une œuvre absolument inépuisable qu'on peut revoir indéfiniment en y découvrant toujours de nouvelles richesses. Il est intéressant, pour conclure, d'étudier certains des liens qui rattachent Woolrich au Norman Bates de* Psychose, *l'un des personnages hitchcockien les plus perturbés et les plus perturbants*[1]*. Les deux hommes furent dominés par leur mère, leur vie durant et longtemps encore après la mort de celle-ci; tous deux étaient victimes – par les hasards de la naissance et non par leur faute – des conditions psychologiques les plus défavorables; tous deux étaient dotés (affligés?) d'une intelligence discrète mais pénétrante, qui les rendait profondément conscients d'être pris au piège, comme les autres humains. La différence entre eux, c'est que Norman Bates n'avait d'autre possibilité que de traduire ses cauchemars dans la réalité; Woolrich, lui, avait reçu le don de transformer ses années de solitude et de misère morale, son enfer personnel, en une œuvre littéraire. Une œuvre que les théologiens devront lire pour concevoir la désespérance, les philosophes pour appréhender le pessimisme, les historiens pour comprendre la Dépression – et, enfin, ceux qu'intéresse le cœur de l'homme pour expérimenter à travers cette œuvre ce que représente l'extrême solitude. Quant aux simples lecteurs, ils*

1. Je parle ici de la création de Hitchcock, non de celle de Robert Bloch. En effet, Bloch ignorait tout de Woolrich lorsqu'il écrivit son roman et son Norman est un gros type repoussant, à des années-lumière du Norman de Hitchcock, personnage complexe et profondément humain.

liront encore Woolrich longtemps après que nos petits-enfants seront retombés en poussière, parce qu'il touchera et fascinera nos descendants comme il a touché et fasciné ceux qui nous ont précédés. Mort, il reste vivant. Il nous survivra à tous.

FRANCIS M. NEVINS, Jr.

DU CRÉPUSCULE À L'AUBE

(*Dusk to Dawn, 1937*)

La nuit tombait quand Lew Stahl entra dans le cinéma Odéon où Tom Lee, son compagnon de chambre, était ouvreur. Il était exactement dix-huit heures quinze.

Lew Stahl, vingt-cinq ans, sans travail, était complètement fauché et foncièrement honnête. Il n'avait jamais tué personne. Il n'avait jamais tenu d'arme mortelle à la main. Il n'avait même jamais vu de mort. Tout ce qu'il voulait, c'était voir un film et il n'avait pas sur lui les trente *cents* nécessaires.

Pendant qu'il attendait dans le hall que Tom le fasse entrer à l'œil, le portier le toisa d'un air désapprobateur. De haut en bas, puis de bas en haut, comme pour dire : « T'en as du culot! » Stahl resta de marbre. A quoi bon avoir un copain ouvreur de cinéma si on ne peut pas resquiller une place de temps en temps?

Tom passa la tête entre les portes et lui fit signe d'entrer.

« Un ami à moi, Duke, dit-il au portier pour l'amadouer.

– Est-ce que tu risques un savon? demanda Stahl en le suivant à l'intérieur.

– Ça va tant que le directeur ne me voit pas,

répondit Tom. De toute façon, c'est entre deux séances; tout le monde est chez soi pour dîner. La salle est tellement vide qu'on pourrait chasser le cerf au balcon. Allons là-haut, on peut fumer. »

Ils montèrent l'escalier, traversèrent une mezzanine et se retrouvèrent dans l'obscurité du balcon en pente. Tom promena sa torche dans l'allée pour guider son compagnon. Sur l'écran, au-dessous, une tête de femme s'agitait, deux ou trois fois plus grande que la normale. Une voix métallique retentit, sépulcrale, résonna dans toute la salle comme un moderne Oracle de Delphes.

« Allez-vous-en ! dit-elle. Allez-vous-en ! Ce n'est pas un endroit pour vous ! »

Tandis qu'elle parlait, ses grands yeux lumineux semblaient fixés sur Lew Stahl. Elle leva un doigt, le pointa apparemment droit vers lui – et vers lui seul. C'était impressionnant. Il s'immobilisa un instant, puis se remit en marche. Il n'avait rien mangé de la journée; ce devait être la faim qui lui faisait imaginer des choses pareilles.

Tom avait dit vrai : il n'y avait qu'un seul spectateur dans tout le balcon. Généralement, les gosses montaient ici pendant les matinées; à cette heure-ci, ils étaient tous rentrés chez eux et la foule du soir n'était pas encore arrivée.

Stahl choisit la seconde rangée et s'assit exactement au milieu. Tom le quitta en disant :

« Je reviens dès que j'ai ma pause de cinq minutes. »

Stahl avait pensé que le film le distrairait de ses ennuis. Par la suite, lorsqu'il repensa à cette partie de la soirée, il dut admettre qu'il ignorait encore la véritable nature de ses ennuis. Pour le moment, tout ce qu'il savait c'est qu'il n'avait rien mangé de la journée et qu'il avait très faim. Son estomac vide l'empêchait de se concentrer sur l'histoire qui se déroulait sur l'écran.

Il commençait à se sentir faible et frissonnant, et il n'avait même pas un *nickel* pour s'offrir un café chaud. Il ne pouvait pas redemander de l'argent à Tom – pas même un malheureux *nickel*. Cela faisait des semaines que Tom le dépannait, prenant à sa charge sa part de loyer, alors qu'il ne gagnait lui-même qu'une misère. Lew Stahl était un jeune homme trop honnête, trop correct pour lui quémander un autre penny, même s'il défaillait d'inanition. Il n'arrivait pas à trouver du travail. Il ne pouvait pas mendier au coin de la rue; il n'avait pas encore atteint ce stade. Il préférait d'abord crever de faim. Eh bien voilà, il crevait de faim.

Il resserra sa ceinture d'un cran et s'abrita les yeux avec la main.

L'unique spectateur, derrière, lui avait paru prospère et bien nourri. Stahl tenta d'imaginer sa réaction s'il allait lui demander une pièce de dix *cents*. Il trouverait probablement étrange que Stahl se trouve dans un cinéma s'il était vraiment dans la dèche. C'était inévitable. Cependant, deux facteurs l'encouragèrent dans sa première tentative de mendicité. Primo, c'était plus facile ici, dans l'obscurité, que dehors, en pleine rue. Secundo, personne ne serait témoin de son humiliation si l'homme l'envoyait promener. En tout cas, s'il devait se décider à l'aborder, il avait intérêt à ne pas réfléchir plus longtemps et à y aller avant que la salle ne se remplisse; autrement, il savait qu'il n'en aurait pas le courage. Vous seriez surpris de voir combien il est difficile de demander l'aumône à un inconnu quand on ne l'a jamais fait. Une importante barrière psychologique sépare l'honnête homme du mendigot.

Lew Stahl se retourna et lança un coup d'œil vers l'homme pour tenter de mesurer ses chances. Il constata avec surprise que l'autre s'était assoupi sur son siège : il avait les yeux fermés. Le problème se posa alors différemment : il ne s'agissait plus de lui demander de l'argent mais de le prendre, de se servir pendant qu'il dormait. Tom était redescendu au rez-de-chaussée; ils étaient tous les deux seuls au balcon. Avant même de s'en rendre compte, Lew changea de fauteuil, s'assit à côté du dormeur.

« Un dollar, se dit-il, c'est tout ce que je vais prendre. Juste un dollar, s'il a un portefeuille. De quoi me payer un bon steak bien épais... »

A cette pensée, son estomac se contracta douloureusement et de l'eau salée lui monta à la bouche. Il avait tellement faim que sa main se mit à ramper, presque malgré lui, vers la poche intérieure du veston de l'homme.

Celui-ci était assis de telle façon que sa veste, boutonnée au milieu, bâillait fort opportunément. Les doigts de Stahl trouvèrent sans trop de mal l'extrémité rigide et grenue d'un portefeuille. L'objet émergea entre ses deux doigts, les deux seuls qu'il ait osé glisser dans la poche. Lew s'aperçut qu'il était lourd et épais.

Il posa vivement le portefeuille sur ses genoux et l'ouvrit avec précaution. L'homme avait dû transpirer, car le cuir était humide et collant sur l'une des faces, celle qui était contre sa poitrine. Les doigts de Stahl en restèrent un peu poisseux.

Le portefeuille était bourré de billets. L'homme devait avoir sur lui entre soixante-dix et quatre-vingts dollars. Stahl ne les compta pas, pas plus qu'il ne prit toute la liasse. Fidèle à sa parole, il n'en préleva qu'un seul, celui du dessus, qu'il plia dans le creux de sa main. Puis il commença à remettre le portefeuille à sa place.

C'était fait : il venait de commettre son premier délit.

Il glissa le portefeuille dans la fente de la poche, le lâcha, ramena avec précaution le bras en arrière. Le revers du veston vint avec son bras, comme s'ils étaient collés ensemble. Lew se figea, le bras raidi en travers de la poitrine de l'homme. Au moindre geste, le dormeur risquait de s'éveiller. Le bouton du poignet de la chemise de Lew s'était pris dans la boutonnière du revers de l'homme. Lew se rappela que c'était un bouton abîmé, aux bords dentelés, qui accrochait tout.

Il tenta de glisser son autre main entre le revers et son bras pour se libérer, mais il n'y avait pas assez de place. Il essaya alors de libérer son poignet en tenant le revers de l'homme, afin que la secousse ne pénètre pas la conscience du dormeur. Le bouton tint bon : le fil était trop solide pour se casser comme ça.

C'était la forme la plus affolante de torture mentale. Il s'attendait d'un instant à l'autre à voir les yeux du dormeur s'ouvrir et fixer sur lui un regard accusateur. Lew avait dans sa poche un vieux canif. Il chercha désespérément à l'atteindre de sa main libre, pour couper ce satané bouton. Il était comme dans une camisole de force; il le sortit de sa poche droite avec la main gauche, en croisant un bras devant l'autre. Il devait en même temps garder tendu son bras emprisonné et le sang ne circulait déjà plus.

Il ouvrit avec l'ongle du pouce la lame rouillée et fit tourner le canif dans sa main. Suant abondamment, il commença à sectionner le fil du bouton qui le retenait à son voisin. La lame n'était pas très aiguisée, mais elle en vint finalement à bout. Quelque chose se produisit alors. Non pas ce qu'il craignait, à savoir le regard accusateur des yeux brusquement ouverts. Quelque chose de pire. Le dormeur s'affaissa lentement en avant sur son siège. La légère vibration du canif avait dû se transmettre à son corps et le déplacer. Il se renversait comme un sac de sable. Et les gens ne dorment pas comme ça, penchés vers le sol.

Stahl lança un regard paniqué derrière lui. Cette fois, des yeux accusateurs rencontrèrent effectivement les siens, quatre ou cinq rangs derrière. Une femme était arrivée une ou deux minutes plus tôt et s'était assise là. Elle avait dû le voir manipuler le canif et se demander ce qui se passait. Chose certaine, elle ne regardait pas l'écran mais les deux hommes.

Perdant toute présence d'esprit, Lew tenta de redresser son voisin affalé, pour sauvegarder les apparences. Pour faire croire à la femme qu'ils étaient deux amis assis côte à côte. Tout, pourvu qu'elle ne se doute pas qu'il venait de lui faire les poches. Mais quelque chose ne collait pas : la flaccidité des muscles, l'absence de respiration, ce sommeil si profond que rien ne le troublait, pas même cette position inconfortable. Cela apprit à Lew tout ce qu'il avait besoin de savoir. Il était tranquillement assis depuis cinq minutes à côté d'un homme dans le coma, sinon déjà mort. Un homme qui avait dû mourir subitement pendant le film, sans même tomber de son siège.

Il bondit dans l'allée, jetant au passage un regard épouvanté sur le cadavre, et se dirigea vers le fond, tout excité, pour aller chercher Tom ou la première personne qu'il pourrait trouver. Mais il ne put s'empêcher de se retourner pour regarder une seconde fois. Les yeux accusateurs de la femme le suivirent lorsqu'il passa devant elle comme un éclair.

Appuyé contre le mur du hall, près de l'escalier, Tom jouait les statues.

« Viens vite ! haleta Lew. J'ai à côté de moi un type complètement froid, effondré dans son fauteuil !

– Ne va pas faire un esclandre ! » l'avertit Tom à mi-voix.

Il accompagna Lew jusqu'à sa place et alluma brièvement sa torche : le visage qu'elle éclaira n'avait pas la couleur normale de la peau. On aurait dit du mastic.

« Aide-moi à le transporter aux lavabos », chuchota Tom.

Il saisit l'homme par les épaules, Lew le prit par les jambes, et ils remontèrent l'allée en titubant.

La femme, qui avait observé toute la scène, rassemblait fiévreusement ses innombrables affaires, avec une détermination proche de l'hystérie, comme si elle avait une mission de première importance à accomplir.

C'est seulement lorsqu'ils l'eurent emporté aux toilettes et allongé sur une banquette, contre le mur, que Lew et Tom virent le couteau enfoncé dans son dos. Le manche n'émergeait pas beaucoup; incliné de droite à gauche, il formait un angle aigu avec le corps. Cependant, à l'évidence, la lame avait touché le cœur. Ils n'avaient qu'à regarder l'homme pour savoir qu'il était mort.

« Je vais chercher le directeur ! bredouilla Tom. Toi, reste ici. Ne laisse entrer personne ! »

Il attrapa un écriteau « Défense d'entrer », l'accrocha au bouton extérieur de la porte et fila.

Lew n'avait encore jamais vu de cadavre. Il resta là à le regarder de tous ses yeux. Puis il avança d'un pas, regarda encore.

« Voilà donc à quoi ça ressemble ! » murmura-t-il d'une voix presque inaudible.

Lentement, il tendit la main et toucha le visage du mort. Le contact moite le fit tressaillir. Il retira vivement sa main et la secoua, comme pour la débarrasser de quelque chose. La chair était encore tiède. Lew s'aperçut tout à coup qu'il n'avait pas d'alibi.

Il jeta une serviette sur le visage pour ne plus avoir l'horrible sensation d'être observé par un être d'un autre monde. Après ça, il n'eut plus peur de s'approcher; on aurait simplement dit un tas de vieux vêtements. Le mort était allongé sur le côté; Lew secoua le manche pour tenter de sortir le couteau mais il était solidement enfoncé. Après avoir tiré dans tous les sens, il y renonça.

Il fouilla alors les poches du cadavre, en quête d'une pièce d'identité.

L'homme était Luther Kemp, quarante-deux ans, habitant la 79e Rue. Mais rien de tout cela n'était plus vrai, songea Lew; il avait laissé tout cela derrière lui. Ses vêtements, sa maison, son corps, son nom, le film qu'il avait payé pour voir étaient encore ici. Mais lui, où diable était-il ? De nouveau, un vague malaise assaillit Lew, mais il l'écarta. C'était simplement que la mort – l'une des choses les plus communes de la vie – lui était encore inconnue. Mais après l'ignorance vient la familiarité, après la familiarité le mépris.

La porte s'ouvrit à la volée et Tom entra brusquement, toujours seul, haletant comme s'il avait couru. Il était très pâle.

« Viens vite ! dit-il d'une voix saccadée. Dehors, dépêche-toi ! »

Avant que Lew ait compris ce qui se passait, Tom l'entraînait à travers le hall faiblement éclairé vers l'autre bout du bâtiment, où il y avait un autre escalier. Il étreignait le bras de Lew comme dans un étau.

« Qu'est-ce qui se passe ? » parvint à articuler Lew.

Tom rejeta la tête en arrière.

« C'est pas toi qui l'as tué, hein ? »

Lew faillit s'étaler par terre. Sa réponse ne fut qu'un maelström de mots; Tom l'interpréta comme une dénégation.

« Alors, poursuivit-il sans reprendre son souffle, raison de plus pour que tu files en vitesse ! Descendons par là, avant qu'ils arrivent ! Je t'expliquerai en bas. »

A mi-descente, sur le palier, Tom s'arrêta une seconde fois et fit signe à Lew d'écouter. Au loin, dans la rue, la sirène d'une voiture de police retentit faiblement, se rapprocha, puis s'interrompit brusquement, juste devant le cinéma.

« Tu piges ? dit Tom d'un air menaçant. Les voilà ! »

Entraînant Lew dans son sillage, il dévala la dernière volée de marches, tourna dans un couloir et ouvrit une porte marquée *Réservé au personnel.*

Un petit escalier menait à un sous-sol. Tom poussa Lew devant lui mais resta où il était. Il lança un objet brillant, que Lew attrapa adroitement, sans même savoir ce que c'était. Une clef.

« Ouvre le douze et enfile mon costume bleu, dit Tom. Laisse ton gris dans le placard. »

Lew fit un pas vers lui, les bras écartés.

« Mais enfin je n'ai rien fait! Qu'est-ce qui te prend? Tu veux me mettre dans le pétrin?

– Tu es déjà dedans et j'essaie de t'en sortir! répliqua Tom. Dans le hall, une bonne femme s'agrippe des deux bras au cou du directeur en jurant t'avoir vu faire. Une excitée, tu vois le genre! Elle dit qu'il s'est endormi sur toi, que tu l'as repoussé, que vous vous êtes disputés et que tu lui as donné un coup de couteau. Que tu l'as volé, aussi. Elle est assez hystérique pour croire ce qu'elle raconte! »

Lew sentit ses genoux se dérober.

« Mais bon sang! Tu n'as qu'à leur dire que j'ai été le premier à te prévenir! Je t'ai même aidé à le transporter aux lavabos! Est-ce que ça...?

– J'ai eu assez de mal à trouver ce boulot, l'interrompit sèchement Tom. Si le directeur apprend que je t'ai fait entrer à l'œil, je peux dire adieu à mon job! Mets-toi à ma place, toi aussi. Pourquoi veux-tu que je leur parle de toi? Tu n'es pas coupable, alors très bien. Pourquoi faire l'abruti et passer la nuit dans la cellule d'un commissariat? Demain, ils auront probablement arrêté l'assassin et ce sera terminé. »

Lew pensa au dollar qu'il avait dans sa poche. Si les autres l'interrogeaient, ils voudraient savoir pourquoi il n'avait pas payé son ticket alors qu'il avait un dollar sur lui. Ils comprendraient d'où venait cet argent. Or, il répugnait à restituer ce dollar maintenant qu'il l'avait. D'autre part, il se rappelait avoir tripoté le manche du couteau, et il savait vaguement que les empreintes digitales pouvaient permettre à la police d'identifier n'importe qui. Et puis, rien que l'idée d'affronter cette femme – dont il revoyait l'expression accusatrice – lui était insupportable. Tom avait raison : pourquoi ne pas déguerpir et se sortir de ce guêpier tant que c'était possible? L'argument décisif se présenta de lui-même : si la police l'arrêtait et le croyait coupable, elle s'estimerait peut-être satisfaite et ne chercherait pas plus loin. Que deviendrait-il alors? Une conscience nette n'incite pas toujours au courage; c'est même parfois le contraire. Les mots fatidiques « preuves circonstancielles » dansèrent devant ses yeux, le paralysèrent.

« Change-toi! dit Tom. La séance se termine dans deux minutes. Quand tu entendras la musique annonçant les actualités, glisse-toi dehors et mêle-toi aux spectateurs qui sortent. Les flics croient que tu es en gris; tu devrais pouvoir passer facilement dans mon costume bleu. Ils ne penseront pas à regarder dans les placards. Attends-moi à la maison. »

Là-dessus, Tom se glissa dehors et referma sans bruit la porte derrière lui.

Lew ne s'accorda pas le temps de réfléchir. Les doigts tremblants comme des rubans en plein vent, il enfila vivement le costume bleu de Tom et mit son chapeau, dont il abaissa le rebord sur les yeux. Il craignait d'être surpris à tout instant par l'un des autres ouvreurs. Comment expliquerait-il sa présence ici?

Il referma le placard – avec ses vêtements à l'intérieur – à l'instant même où un *ta-da* étouffé résonnait dans la salle, à l'extérieur. Une minute plus tard, il entendit derrière la porte un piétinement et un bourdonnement de voix. Il ouvrit la porte avec précaution, la referma derrière lui d'un coup de coude. Les quelques spectateurs qui sortaient l'entourèrent et il se laissa porter par eux. Ils ne semblaient pas au courant de ce qui s'était passé au balcon. Lew n'entendit aucune allusion au meurtre.

Le moment crucial arriva. Il y avait deux rangées de portes séparées par un hall brillamment éclairé. Un policier en civil se tenait avec le portier devant la première rangée. Lew le repéra à sa façon de scruter attentivement tous les visages. Un second était posté devant les portes donnant sur la rue. Il observait longuement chaque personne qui sortait – c'est pour ça qu'on le repérait.

Lew les vit tous les deux à travers la vitre des portes intérieures, avant d'arriver à leur hauteur. Ils avaient les lumières de leur côté; Lew était dans l'obscurité, le dos tourné aux images qui défilaient sur l'écran. Son courage l'abandonna. Il eut envie de rester dans la salle, là où il était. Mais s'il voulait sortir, c'était maintenant, avec le gros de la foule, pas quand il serait plus facile à repérer.

La couleur de son costume était un atout. Il voyait les policiers arrêter tous les hommes en gris et les mettre à l'écart; il en compta six avant même d'être sorti dans le hall. Ils ne s'occupaient pas des autres.

Mais le caissier était plus dangereux qu'aucun des deux policiers en civil. Et le portier aussi. Avant de pénétrer dans la salle, Lew était resté cinq minutes sous leurs yeux en attendant que Tom descende. Il était entré sans payer et ç'avait mis le portier en rogne. Lorsqu'il passerait devant eux, il lui faudrait marcher lentement, aussi lentement que les autres, sous peine de se trahir deux fois plus vite. Il ne pouvait plus faire demi-tour; il était trop près des policiers, ils remarqueraient la manœuvre.

Alors qu'il se croyait flambé, un lourdaud,

devant lui, vint à son secours. Le lourdaud fit un pas en arrière inattendu pour regarder quelque chose et son grand pied atterrit comme une masse sur les orteils de Lew. Lew ne put s'empêcher de grimacer de douleur; avant qu'il ait repris sa physionomie normale, le regard du portier avait glissé sur lui sans le reconnaître. Lew l'avait maintenant dépassé et ne lui présentait plus que sa nuque.

Il retint son souffle. Rien ne se produisit. Le pied droit en avant, le pied gauche, le pied droit... Le hall semblait mesurer des kilomètres. Derrière lui, une main le toucha. Le mercure descendit le long de sa colonne vertébrale jusqu'en bas. Mais ce n'était qu'une femme qui enfilait ses gants.

Après ce qui lui parut un interminable ralenti, il se trouva enfin à la hauteur de la sortie. Plus que le second policier à affronter, et celui-là ne l'inquiétait pas beaucoup. Il franchit le seuil avec les autres, passa près du flic à le toucher. Celui-ci ne regardait même pas Lew; il avait les yeux fixés sur les portes, qui battaient à chaque nouveau passage.

Lew passa de la lueur révélatrice des lampes de la marquise à l'obscurité salvatrice. Il ne se retourna pas. Le cinéma ne fut bientôt plus qu'une tache de lumière, loin derrière lui. Puis il disparut tout à fait.

Lew s'épongea longuement la figure; pendant un certain temps encore il se sentit les jambes en coton. Il avait réussi, mais *pfff*! quelle expérience! Sans avoir commis de crime, il était passé par toutes les émotions du criminel pourchassé.

Tom et Lew partageaient une minable chambre meublée dans un immeuble de rapport, à une demi-heure de marche. Lew s'y rendit d'un pas décidé, directement du cinéma. Dans son esprit, tout était maintenant terminé; il n'avait plus de souci à se faire. Il était sorti de la salle, et c'était tout ce qui importait. On allait arrêter le vrai coupable, peut-être avant la fin de la nuit, le lendemain au plus tard.

Il s'introduisit avec sa clef dans le hall de l'immeuble, grimpa l'escalier sans rencontrer personne et entra chez lui. Il alluma l'ampoule suspendue au plafond, puis s'assit pour attendre Tom.

La pendule finit par indiquer onze heures. La dernière séance se terminait à onze heures et demie. Le temps que Tom arrive, il serait minuit.

Vers l'heure à laquelle Tom aurait dû arriver, un camion de livraison de journaux passa en ferraillant pour distribuer l'édition de minuit. Lew le vit s'arrêter près d'un kiosque, au coin de la rue, et déverser un paquet de journaux. Impulsivement, il descendit en acheter un, en se demandant si on parlerait déjà du meurtre et si on avait arrêté l'assassin. Il ne l'ouvrit qu'une fois chez lui.

Ça ne faisait pas une manchette, mais quand même une colonne à la une. « *Un homme poignardé dans un cinéma. Une femme témoin du meurtre.* » A la lecture de l'article, Lew éprouva un choc. On cherchait *encore* un type de sa taille et de sa carrure, vêtu d'un costume gris, qui était entré sans payer. Mobile : probablement surpris par la victime en train de lui faire les poches pendant son sommeil. Paniqué, Lew éteignit la lumière.

A partir de ce moment-là, il passa son temps à guetter derrière le store baissé, à écouter derrière la porte et à user le plancher entre ces deux points, comme un ours en cage. Il savait qu'il était insensé de rester là, mais il ne savait où aller. Ce serait encore plus insensé, se disait-il, de vagabonder dans les rues; il serait sûrement ramassé avant le matin. La sueur suintait par tous ses pores, d'abord brûlante, puis glacée. Malgré tout, l'idée de retourner là-bas et de leur dire : « Me voici, ce n'est pas moi le coupable » ne l'effleura pas. Vu la façon dont il s'était enfui après avoir changé de vêtements, c'était hors de question. Il maudit Tom de l'avoir mis dans ce pétrin, et il se maudit lui-même d'avoir perdu la tête et de l'avoir écouté. Maintenant, il était trop tard. Il y a quelque chose de définitif dans la chose imprimée, surtout pour un profane; cet article de journal semblait détruire la dernière chance de Lew de se disculper une fois pour toutes.

Bien qu'il surveillât la fenêtre en permanence, il ne vit pas arriver Tom; celui-ci avait dû longer discrètement la façade de l'immeuble. Il entendit des pas précipités dans l'escalier, puis Tom qui secouait comme un forcené le bouton de la porte. Lew l'avait fermée à clef de l'intérieur après avoir éteint.

« Vite, ouvre-moi ! » haleta Tom. Et quand Lew eut déverrouillé la porte : « Laisse éteint, malheureux !

– J'ai cru que tu n'arriverais jamais ! gronda Lew. Ils ont donné une séance supplémentaire à minuit, ou quoi ?

– Au commissariat, oui ! dit Tom avec rancœur. Ils m'ont embarqué et retenu jusqu'à maintenant ! Je suis étonné qu'ils m'aient laissé partir, je n'y croyais plus. » Il ouvrit vivement la porte. « Faut que tu files d'ici !

– Et où je vais aller ? gémit Lew. Tu parles d'un ami !

– Suppose qu'un flic débarque et te trouve ici, de quoi j'aurai l'air ? Qui me dit qu'ils m'ont pas suivi jusqu'ici ? C'est peut-être pour ça qu'ils m'ont relâché ! »

Tom poussait Lew dans le hall mais Lew résistait, cramponné au chambranle de la porte. Ils allaient en venir aux mains quand, soudain, de grands coups ébranlèrent la porte de l'immeuble, deux étages plus bas. Ils se raidirent.

« J'en étais sûr ! siffla Tom. Juste sur mes talons ! »

Les coups continuaient.

« J'arrive ! Une minute ! » cria une voix de femme.

Ils entendirent un claquement de pantoufles sur le linoléum. Lew était maintenant sur le palier, de son plein gré, et regardait autour de lui comme une souris en quête d'un trou.

Du pouce, Tom indiqua l'étage supérieur.

« Le toit ! chuchota-t-il. Tu arriveras peut-être à redescendre par l'immeuble voisin. »

Mais Lew sentait bien que l'unique souci de Tom était de le voir partir.

Tom ferma la porte sans bruit mais avec détermination. Celle du rez-de-chaussée s'ouvrit au même instant, accompagnée par les vigoureuses protestations de la logeuse – lesquelles couvrirent le grincement des marches sous les pieds de Lew.

« On n'a pas idée de tirer les gens du lit à une heure pareille ! Et je vous interdis de me parler sur ce ton, policier ou pas ! Vous êtes dans une maison res... »

Lew avait atteint le dernier étage. Là, l'escalier se terminait par une échelle de fer verticale, menant à une lucarne munie d'un verrou sur le côté. Il tira la targette, gravit encore un échelon et rentra la tête, laissant le châssis vitré peser sur ses épaules, tel Atlas soutenant le monde. Il lui fallait rester dans cette position pour ouvrir la lucarne, sans quoi le flic risquait d'entendre tinter la vitre. Celle-ci n'avait pas de charnières et se soulevait simplement.

Il y eut un coup impérieux à la porte de Tom, au deuxième étage, et un « Police, ouvrez ! » sans réplique. Tom ouvrit instantanément.

« Qu'est-ce que vous voulez encore ? » gémit-il.

Le policier entra – heureusement pour Lew – et Tom referma la porte sur lui.

Lew s'arc-bouta de toutes ses forces, avec l'impression de soulever le toit de la maison. Enfin, sa tête et ses épaules émergèrent dans la nuit, à l'air libre. Il attrapa la vitre par-derrière pour l'empêcher de tomber pendant qu'il se redressait, puis il la remit délicatement en place. Ce faisant, il eut une vue complète de la cage d'escalier, du haut en bas. A mi-hauteur, au deuxième étage, il vit un visage qui le fixait, levé vers lui par-dessus la rampe. La logeuse indiscrète était montée pour écouter à la porte.

Lâchant la vitre de la lucarne, il se dirigea vers le toit voisin, aussi vite que le lui permettaient les graviers. Le policier serait là d'ici une minute maintenant.

La ligne de démarcation entre les deux toits était un simple parapet en brique assez facile à enjamber. Mais au-delà il n'y avait qu'un seul toit, alors qu'il aurait dû y en avoir sur toute la longueur du pâté de maisons. L'enfilade des toits – de hauteurs diverses mais accessibles – s'étirait derrière lui, dans l'autre direction. Dans le noir, il avait tourné du mauvais côté. N'importe, se dit-il, du moment qu'il pouvait se glisser par une lucarne du même genre que l'autre.

Il la trouva non pas avec les yeux mais avec les orteils, en trébuchant dessus. A genoux, il se mit à griffer la vitre et à tirer dessus, mais elle refusa de se soulever. Verrouillée par-dessous, comme la première !

Il n'avait plus le temps de repartir dans l'autre sens. Une lueur jaune apparut sur le toit, derrière lui : le policier soulevait la trappe. Un rai d'avertissement, un rectangle lumineux, et le policier prit pied sur le toit. Lew crut voir un revolver dans sa main, mais il n'attendit pas d'en avoir le cœur net. Près de lui se dressait une cheminée en brique, haute de trois pieds. Il se cacha vivement derrière, profitant de ce que son poursuivant avait la tête tournée de l'autre côté. Les graviers crissèrent sous ses pieds, trahissant sa manœuvre.

Long silence. Il n'osait pas sortir la tête pour risquer un coup d'œil. Il y eut de nouveau un crissement – mais de l'autre côté de la cheminée, cette fois.

Avec une soudaineté qui le fit sursauter, une nouvelle planète, étincelante, se joignit aux étoiles, juste au-dessus de sa tête, et l'enveloppa de la tête aux pieds. Une torche électrique. Lew se plaqua désespérément contre la paroi de brique.

« C'est pas moi ! dit-il. C'est pas moi, juré ! Il faut que vous me croyiez ! »

Ironique, le policier lui assura qu'il le croyait, en employant une expression qui ne supporte pas la répétition. D'une main, il attrapa Lew par les revers de sa veste, puis il posa la torche allumée en équilibre sur le rebord de la cheminée, braquée en plein sur Lew. Après quoi, il le fouilla prestement de son autre main.

« J'étais simplement assis à côté de lui, je vous dis ! Je ne l'ai pas touché, je n'ai pas levé la main sur lui !

– Et c'est pour ça que tu te planques sur ce toit, hein ? Et que tu as changé de costume ? Je t'obligerai bien à avouer, quand on sera au commissariat ! »

Cette menace, ajoutée à la vue des menottes luisantes dans les rayons de la torche, fit perdre la tête à Lew. D'un bond en arrière, il tenta de se libérer de l'étreinte du policier et heurta la cheminée. La torche s'éteignit brusquement et dégringola le long du conduit. Lew resta coincé entre le policier et la cheminée. Il leva brusquement la pointe de son genou, comme un piston. Les menottes tombèrent avec un cliquetis, le policier lâcha les revers de sa veste et s'effondra avec un grognement aux pieds de Lew, en se tordant de douleur. Il avait beau être sonné, il tâtonnait désespérément, à la recherche de quelque chose. Malgré l'obscurité, Lew s'en rendit compte et le prit de vitesse. Il lui arracha le revolver et le lança par-dessus son épaule. L'arme atterrit quelque part derrière lui mais resta sur le toit.

Le policier était maintenant plié en deux, les genoux remontés, tel un insecte renversé sur le dos. Ses jambes offraient une bonne prise. Lew était trop effrayé pour s'enfuir en le laissant là ; il avait trop peur que l'autre le poursuive et que tout recommence. Ce fut réellement un excès de frayeur qui le poussa à faire cela. Il saisit l'homme par les chevilles et le traîna sur le dos vers le bord du toit, haletant :

« Non, vous m'aurez pas ! Non, vous m'aurez pas ! Je vous empêcherai de m'emmener ! »

Il traîna ainsi le policier vers le bord. Là, sans même regarder en bas, il lui lâcha les jambes, le mit sur son séant, faisant voltiger des graviers dans tous les sens, le saisit par les épaules et le poussa tête la première dans le vide. Le policier n'émit pas un son. Lew n'aurait su dire s'il était encore conscient ou si le coup qu'il lui avait décoché l'avait assommé. L'homme bascula d'un seul coup, comme aspiré par un puissant aimant.

Lew fit alors une chose bizarre. Il tendit instinctivement les bras, comme pour le retenir, le rattraper avant qu'il ne tombe. Comme s'il n'avait pas réalisé jusqu'à présent la véritable portée de son acte. Ou peut-être était-ce son dernier réflexe civilisé qui agissait avant de disparaître à son tour. Un frein, qui ne marcherait plus, tentait de l'arrêter avant qu'il fût trop tard. Lew se sentit pris d'un étrange vertige. Pas un vertige de remords; le vertige d'un homme étroitement garrotté qui se retrouve brusquement libre.

Il ne regarda pas en bas, là où le policier était tombé. Il leva les yeux vers les étoiles – ces étoiles qui avaient dû assister sans ciller à bien des scènes du même genre.

« Bon sang, ce que c'est facile! s'émerveilla-t-il, bouche bée. Je n'imaginais pas que c'était aussi facile de tuer quelqu'un! Vingt ans pour faire un homme, et il suffit d'une petite poussée! »

Il se sentit alors ivre d'une autre sorte de puissance, inconnue jusque-là. Le droit de vie et de mort sur ses semblables! Tout le monde le possédait, tous les individus suffisamment forts pour lever un bras meurtrier; mais ils avaient peur de s'en servir. Eh bien, pas lui! Penser qu'il vivait depuis des semaines de l'air du temps, sans un sou, sans manger à sa faim, alors qu'il avait tout à portée de la main! Comme jobard, il se posait un peu là!

La mort lui était devenue familière. A sept heures du soir, c'était encore pour lui la chose la plus mystérieuse du monde; à minuit, c'était déjà de l'histoire ancienne.

« Qu'ils y viennent! » pensa-t-il rageusement, tout en rebroussant chemin vers la lucarne de l'autre immeuble. « Maintenant, je leur ai donné une bonne raison de vouloir m'épingler! »

Son pied heurta un objet plat. Il s'arrêta et ramassa le revolver qu'il avait jeté tout à l'heure. Après être redescendu par la lucarne, il l'examina à la lumière. Il n'en avait encore jamais eu entre les mains. Il savait qu'il ne fallait pas tourner le canon vers son visage mais c'était à peu près tout.

La cage d'escalier était vide. La logeuse avait dû réintégrer provisoirement ses pénates pour réveiller son mari afin qu'il ne manque pas l'excitation de la capture. Lew passa devant la porte fermée de Tom et continua son chemin vers la rue – vers la nouvelle carrière qui l'attendait dans la ville paisiblement endormie. Soudain, Tom ouvrit la porte et regarda dehors. Entendant du bruit, il avait dû penser que c'était le policier qui revenait et qu'un peu de lèche ne ferait pas de mal.

« Vous l'avez eu...? » commença-t-il.

Puis il vit qui c'était, et il vit ce que Lew avait à la main.

Lew fit demi-tour et s'approcha de lui.

« Non, dit-il avec un calme menaçant, il ne m'a pas eu. C'est moi qui l'ai eu. »

Il entra dans la chambre et ferma la porte derrière lui. Il ne cessait de regarder Tom, qui recula un peu.

« Maintenant, tu es fini! bredouilla Tom, épouvanté.

– Tu veux dire que je commence, rétorqua Lew.

– Moi, je m'en vais! » dit Tom, en proie à une soudaine panique.

Il tenta de contourner Lew pour atteindre la porte. Lew le repoussa avec le revolver.

« Non, tu vas rester sagement où tu es! Pourquoi tu m'as doublé? »

Tom se cacha derrière un fauteuil et s'y cramponna des deux mains – comme si ça pouvait l'aider! Au bord de l'hystérie, il dévisagea Lew :

« Qu'est-ce qui te prend, tu deviens fou? Pas *moi,* Lew! Pas *moi*!

– Si, toi! Tu m'as mis dedans. Tu savais qu'ils te suivraient. Tu les as conduits jusqu'à moi. Mais ils ne connaissent toujours pas ma tête... toi, si! Le flic qui m'a poursuivi sur le toit n'est plus en état de parler, mais toi, si! Toi vivant! ils peuvent m'identifier. »

Tom tendait vers Lew ses paumes ouvertes, comme s'il croyait qu'elles pouvaient stopper ou détourner une balle! Il n'eut que le temps de dire :

« Tu n'as rien d'humain! »

Lew pressa la détente et la pièce tout entière parut se soulever dans un rugissement, comme soufflée par une explosion. Lew fit un demi-pas en arrière; il ne s'était pas douté que ces armes avaient du recul. Quand il regarda à travers la fumée, le visage et les épaules de Tom avaient disparu derrière le fauteuil; mais ses bras pendaient toujours sur le dossier, paumes vers le bas, tous les doigts frémissant en même temps. Puis les bras allèrent rejoindre le reste du corps sur le plancher.

Lew le contempla une seconde – ce qu'il pouvait en voir. Tom ne bougeait plus. Lew secoua lentement la tête. « Pas à dire, songea-t-il, c'est vraiment facile! » Ç'avait été encore moins impressionnant que la première fois, sur le toit. L'habitude de la mort avait déjà engendré le mépris.

Lew tourna les talons, ouvrit la porte et dévala l'escalier quatre à quatre. A chaque palier, des portes s'ouvraient sur son passage mais personne ne tenta de l'arrêter – ce qui était plus prudent. Il garda tout le temps le revolver à la main.

La logeuse s'était mise dans une mauvaise position. Au moment où Lew sautait les dernières marches et s'engageait dans le hall, elle se trouva prise entre lui et la porte cochère fermée. Si elle était restée à sa place, se dit Lew, elle aurait pu se retrancher dans ses pénates en l'entendant arriver. Maintenant, sa retraite était coupée. Quand elle vit que c'était Lew et non le policier, elle tenta de sortir par la porte. Comme elle n'arrivait pas à l'ouvrir, elle se retourna. Elle obliqua d'un côté pour éviter Lew, mais il lui barra le chemin. Elle tenta alors l'autre côté, mais Lew la suivit et lui bloqua de nouveau le passage. C'était comme une partie de quatre coins. Dans l'escalier, des visages épouvantés les observaient avec angoisse.

La logeuse était malade de peur. Lew décida qu'elle était trop grotesque pour qu'il la tue. Le métier de tueur étant tout nouveau pour lui, il devait avoir de la dignité dans ses meurtres. Il la repoussa brutalement de côté, comme un moustique, et sauta par-dessus ses jambes soudain dressées. De toute façon, elle ne pourrait donner de lui qu'un signalement tronqué.

La porte n'était pas vraiment dure à ouvrir, à condition de ne pas être effrayé – et Lew ne l'était pas. Suffisait de tourner le bouton et de tirer. A l'un des étages, une voix démente hurla :

« Appelez les flics ! Il a tué quelqu'un ! »

Dans la rue, Lew regarda des deux côtés. Sur l'autre trottoir, juste en face, un passant — qui avait dû entendre la détonation — regardait l'immeuble d'un air ahuri. En voyant Lew, il s'enquit avec curiosité :

« Qu'est-ce qui s'est passé ? Il y a du grabuge ? »

Lew aurait très bien pu lui servir un bobard quelconque, prétendre qu'il allait chercher un flic. Mais il était tout pénétré de ce nouveau mépris pour la mort.

« Ouais ! gronda-t-il. Je viens de tuer un type ! Et si vous restez là à me regarder, vous serez le prochain ! »

Il n'aurait su dire si le passant voyait son revolver dans l'obscurité — probablement pas. L'homme n'attendit pas un second avertissement; il le crut sur parole. Il détala vers l'angle le plus proche et disparut en un clin d'œil.

« Voilà un type raisonnable ! » se dit Lew, laconique.

Çà et là, les rectangles noirs des fenêtres viraient à l'orange à mesure que le quartier s'éveillait. L'immeuble où Tom et Lew avaient habité retentissait de cris et de pas lourds. Lew partit en courant dans la direction opposée à celle que venait de prendre le badaud; puis il ralentit l'allure et se mit à marcher d'un pas rapide. Le revolver, trop volumineux, dépassait de la poche de sa veste; Lew le transféra dans la poche intérieure, plus profonde. Un coup de sifflet retentit faiblement derrière lui, à l'autre bout de la rue d'où il venait.

Un taxi approchait. Lew bondit du trottoir et courut vers lui en diagonale. Le chauffeur tenta de braquer sans s'arrêter, mais Lew sauta sur le marchepied et tourna violemment le volant de sa main libre. Son autre main était dans sa poche, sur le revolver.

« Demi-tour, dit-il, on va vers le centre! »

A l'arrière, une voix féminine poussa un petit cri.

« J'ai déjà deux passagers! » protesta le chauffeur.

Il fit néanmoins demi-tour, avec une embardée qui faillit faire lâcher prise à Lew.

« Vos passagers, je m'en charge! »

Lew ouvrit violemment la portière arrière et monta près d'eux.

« Descendez de l'autre côté! » ordonna-t-il.

Le garçon sauta en premier, comme l'exige l'étiquette; la fille, trop terrifiée pour bouger, se cramponna à la poignée. Lew lui donna une bourrade pour l'aider à se décider.

« Ce serait dommage de vous séparer! » lui cria-t-il.

Elle se tordit la cheville, s'effondra avec un bruit sourd et resta allongée au milieu de la rue, son cavalier penché sur elle.

« Où... où voulez-vous que j-je vous con-conduise, camarade? bredouilla le chauffeur.

– Hors de ce quartier, et vite! » gronda Lew.

Après avoir roulé un moment, le chauffeur gémit :

« J'ai une femme et des gosses, camarade...

– C'est bien imprudent », répliqua Lew.

Il savait que les flics allaient retrouver sa piste d'un instant à l'autre, grâce aux deux amoureux échoués sur la chaussée. Il se dirigea donc vers la partie la moins surveillée de la ville, l'impénétrable labyrinthe du parc.

« Ralentis un peu, ordonna-t-il quand ils furent dans le parc. Ote tes chaussures et envoie-les par ici. »

La présence du chauffeur était un handicap; Lew avait décidé de s'en débarrasser. Tout en conduisant en zigzag – d'une seule main – le long du sentier, l'homme retira ses chaussures. L'une d'elles atterrit sur les genoux de Lew. L'espace d'une seconde, Lew faillit changer d'avis et lui tirer sur-le-champ une balle dans la tête – la solution la plus simple. D'ailleurs, le chauffeur était déjà à moitié mort de peur. Lew lui fit encore enlever son pantalon, puis il lui dit de s'arrêter et de descendre.

Lew s'installa au volant. Debout sur l'asphalte, en chemise et chaussettes, le chauffeur implora :

« Dites, camarade, m'abandonnez pas comme ça au milieu du parc sans pantalon ni chaussures, il me faudra toute la nuit pour sortir !

– C'est bien le but, rétorqua cruellement Lew. Et tu ne connais pas ta chance ! Tu as affaire au bras droit de la Mort. Décampe, avant que je change d'avis ! »

Tel un épouvantail aux jambes arquées, le chauffeur détala par petits bonds dans l'obscurité, poursuivi par le rire tonitruant de Lew. Puis Lew démarra et lança le taxi à la vitesse maximum. Il sortit à l'autre bout du parc un quart d'heure plus tard.

Il avait faim. Autant manger tout de suite, se dit-il, avant que la lumière du jour n'ajoute aux risques et qu'on ait déclenché l'alerte générale. Naturellement, le mode de paiement n'était plus un problème dans cette nouvelle et palpitante existence qui avait commencé pour lui ce soir. Il choisit l'endroit le plus cher qu'il put trouver, un snack ouvert toute la nuit, où on vendait pour un dollar des sandwichs portant le nom d'une célébrité. Quelques snobinards dégustaient des œufs au bacon, fantômes livides dans la lumière artificielle bleue.

Lew gara le taxi devant la porte et s'assit à une table d'où il pouvait le surveiller. Un serveur s'approcha, qui ne devait pas avoir grande opinion de lui car il ne portait pas de chemise blanche amidonnée. Lew parcourut la carte du doigt et commanda un plat à cinq dollars.

« Qu'est-ce qu'un Jimmy Cagney? Apportez-m'en un.

– Des œufs durs avec beaucoup de paprika », dit le serveur en tournant les talons.

Lew prit un verre d'eau et le lui lança à la tête.

« Ici! glapit-il. Répétez-moi ça en disant monsieur!

– Des œufs durs avec beaucoup de paprika, monsieur », bredouilla le serveur en se trémoussant pour empêcher l'eau de lui dégouliner dans le cou.

Lorsqu'il eut terminé, Lew s'adossa à sa chaise et lui fit signe d'approcher.

« Combien vous faites comme recette en une nuit?

– Quand c'est calme comme ça, dans les cinq cents dollars. »

Il sortit de sa poche un bloc-notes et griffonna un « 5,00 » au bas de la page, qu'il arracha et tendit à Lew.

« Passez-moi votre stylo », dit Lew. Il écrivit « Payez-moi » devant le chiffre et supprima la virgule. « Je porterai ceci au caissier moi-même », dit-il au serveur.

Puis, voyant le regard désappointé du serveur balayer la surface nue de la table, il reprit :

« Vous en faites pas, vous aurez votre pourboire. Je ne vous oublie pas. »

En définitive, Lew jugea d'un grand secours la trompeuse lumière bleue : elle rendait livides tous les visages, si bien qu'on ne pouvait remarquer si quelqu'un pâlissait brusquement. Tel le caissier, quand il leva les yeux de la note que lui présentait Lew et vit braqué sur lui le canon d'un revolver, émergeant de sa chemise comme une grosse épingle de cravate.

Il ouvrit le tiroir et entreprit de compter les billets.

« Empêche tes mains de trembler, lui dit Lew la bouche en coin, et concentre-toi sur ce que tu fais, ou tu vas te tromper en me rendant la monnaie ! »

Ça plaisait à Lew d'ajouter aux risques en laissant le caissier calculer le montant exact, au lieu de filer tout simplement avec la caisse. Réussir un hold-up n'avait rien d'un exploit. Ce genre de forfait paraissait tellement simple une fois qu'on avait pris le pli... Il commençait à aimer cette vie, elle était fantastique !

Il restait une trentaine de dollars dans le tiroir quand le caissier eut terminé. Mais voilà que le patron, intrigué de voir Lew s'attarder ainsi, se dirigeait vers eux. Lew vit à son expression qu'il ne soupçonnait rien encore mais voulait simplement se rendre compte s'il y avait une difficulté. En même temps, Lew aperçut le serveur qui longeait discrètement le mur du fond, vers la porte de service. N'ayant pas réussi à prévenir à temps son patron, il comptait jouer les héros solitaires en allant chercher un flic.

Lew le prit de vitesse. Le serveur était maintenant trop près de la porte pour lui laisser le choix. Sans même viser, il tira un coup au jugé. Le serveur s'écroula sur le seuil, comme un paillasson cabossé. Lew ne sentit même pas le recul de l'arme, comme lorsqu'il avait tué Tom. Le caissier tomba lui aussi, comme si la même balle l'avait terrassé. Sa voix monta des profondeurs du comptoir :

« Voilà votre argent, ne me tuez pas, ne me tuez pas ! »

Trop travailler la nuit vous ramollit le courage d'un homme, songea Lew.

Un portier se tenait dehors, sur le trottoir. Lew lui tira dessus à travers la porte ouverte à l'instant où il portait son sifflet à ses lèvres. L'homme chancela, agrippa l'un des étançons chromés qui soutenaient la marquise de l'entrée et s'affaissa, tel un pompier se laissant glisser le long d'une perche. Le patron plongea derrière une table. Tous les autres s'aplatirent sur le sol avec des mouvements désordonnés, comme des pantins actionnés par des ficelles. Lew ne voyait plus un seul visage dans la salle; il entendait seulement les cris qui s'élevaient derrière les chaises vides.

Il s'empara des cinq cents dollars et courut vers la porte. Le serveur remua lorsqu'il lui sauta par-dessus; il n'était donc pas mort. Lew s'arrêta pour lui jeter un billet de dix dollars.

« Ton pourboire, faux jeton ! » lui lança-t-il avant de déguerpir.

Il repartit à pied, abandonnant le taxi. Il n'avait pas le temps de le reprendre. Une voiture garée quelques mètres derrière et une autre juste devant auraient pu le gêner pour sortir du premier coup; or, il ne pouvait se permettre de longues manœuvres. A un demi-block devant lui, on tira un coup de feu dans sa direction. Il tourna à toute allure dans la première rue. Au moment où il arrivait au coin suivant, deux autres détonations retentirent. Il se retourna et tira au jugé, juste pour le principe. Il ne visait pas à proprement parler : il n'avait jamais manié de revolver avant cette-nuit là.

Il tourna dans une rue transversale et la descendit au galop. La fumée de son coup de feu flotta derrière lui, nuage miniature au-dessus du trottoir. Ils étaient maintenant deux flics, et le premier était bon coureur : cessant de tirer, il se concentra pour rattraper Lew et le plaquer au sol. Quand Lew tourna la tête, il le vit passer à travers le nuage de fumée et le dissiper. C'était un grand type élancé, qui courait droit vers la Mort. Ses pieds faisaient *tac, tac, tac,* comme une pendule très rapide.

Un cinquième coup de feu retentit à cet instant, en face de Lew cette fois, à l'angle suivant. Un autre flic s'était joint à la poursuite, dans la direction même où il allait. Lew se trouvait maintenant coincé entre eux dans cette étroite ruelle. Un devant, deux derrière — et pas la moindre issue.

Il se passa alors quelque chose qui arrive une fois sur un million. Les trois hommes étaient dans le même alignement : Lew au milieu, le coureur derrière lui, le flic qui venait de tirer arrivant dans l'autre sens. Un projectile siffla aux oreilles de Lew. Le *tac-tac,* derrière lui, s'interrompit brutalement sur un bruit de chute. Le coureur avait été atteint par son propre collègue.

Lew ne se retourna pas; ses oreilles avaient vu pour lui. Il s'engouffra sous un porche, entre ses deux poursuivants. Seul un miracle pourrait désormais le sauver; encore celui-ci devait-il se produire dans les soixante secondes pour être efficace.

Sa bonne étoile, faisant des heures supplémentaires, lui livra le miracle sous la forme d'une porte cochère ouverte. La rue, située entre les 2e et 3e Avenues, suintait la pauvreté, cette même pauvreté qui avait fait de Lew un vampire, le poussant à dérober un dollar dans la poche d'un mort, à six heures et demie la veille au soir. Il traversa le hall comme une flèche, écrasant au passage trois boutons de l'interphone.

« S'ils me poursuivent jusqu'ici, sanglota-t-il rageusement, il y aura une fusillade comme on n'en a jamais vue ! »

Et c'était évident qu'ils le poursuivraient. Le troisième policier, celui qui avait tiré sur son collègue, avait dû voir dans quelle entrée il s'était engouffré. Dans la négative, ils fouilleraient tous les immeubles.

Tout en grimpant l'escalier, Lew fouilla dans sa poche. Pour une fois, il n'en sortit pas le revolver mais une poignée de billets. Une bonne centaine de dollars émergea dans sa main. L'un des billets lui échappa, voleta au-dessus des marches comme une feuille morte. Que représentaient dix dollars – ou même vingt – quand vous avez soixante secondes pour acheter votre vie ?

« Là-dedans ! »

La voix haletante d'un des flics, sur le trottoir, résonna clairement dans le hall. La sirène d'une voiture de patrouille retentit.

Lew tenait la poignée de billets verts à bout de bras, comme la branche d'olivier des Anciens, quand la porte du premier étage, de face, s'ouvrit devant lui. Clignant des yeux, un homme à la moustache frisée regarda Lew foncer vers lui.

« Cent dollars ! siffla Lew. Ils me poursuivent ! Cent dollars pour vous si vous me laissez entrer !

— C'qui s'passe? s'enquit l'autre, complètement réveillé à présent.

— Les flics! Cent dollars! »

Ayant franchi l'espace qui les séparait, Lew, emporté par son élan, heurta la porte de tout son poids. Elle ne céda pas, car l'homme la bloquait de l'intérieur. Lew rebondit sous le choc. Il agrippa le battant d'une main, lança de l'autre le bouquet d'argent à la figure de l'homme.

« Deux cents dollars! haleta-t-il.

— Filez! » cria l'autre en essayant de refermer la porte.

Lew était résolu à libérer le passage à coups de revolver s'il le fallait.

Derrière l'homme, une profonde voix de basse maugréa :

« *Che cosa, Mario?*

— Deux cents dollars! dit Lew d'une voix étranglée, en cherchant le revolver de la main gauche.

— *Due cento dollari!* » La porte s'ouvrit tout grand, arrachée à son étreinte. Une énorme Italienne moustachue, empestant l'ail, apparut sur le seuil. « Bons billets? Vrais? »

Lew les jeta sur son opulente poitrine, moyen le plus rapide de prouver leur authenticité. Peut-être Mario Jr avait-il été coffré par la police pour cambriolage ou vol à l'étalage; peut-être était-ce juste la pauvreté... La femme plaqua une main sur son buste pour retenir les billets et saisit Lew par le bras.

« *Si! Vene presto!* » A son mari réticent, elle cracha un impérieux : « *Silenzio! La porta!* »

Elle remonta à pas lourds le long couloir, traînant Lew dans son sillage. La porte se referma derrière eux. Au même instant, l'escalier se mit à vibrer : des pieds plats gravissaient les marches.

La chambre était d'un noir d'encre. La femme le lâcha, le poussa de côté, puis vers le bas, et il s'affala sur un énorme lit remplissant la pièce. Un chat se dégagea brusquement et sauta par terre. Lew étendit les jambes, attrapa un édredon empestant l'ail et le tira jusqu'au menton. Allongé sur le côté, il commença à se déshabiller frénétiquement. La femme alluma une lampe et entreprit de compter l'argent.

« *Falta cento*... gronda-t-elle, agressive.

– Vous aurez le reste quand ils seront partis. » Il sortit la main de sous la couverture et lui montra les billets. Il lui montra également le revolver. « Si vous me dénoncez, vous ou votre mari...! »

On cognait déjà à la porte. Le mari se tenait à proximité, silencieux et immobile. Elle cacha l'argent sous le matelas, de son côté. Lew enleva sa veste, son pantalon et ses chaussures et les posa près de lui, juste avant qu'elle n'éteigne. Il garda le revolver et l'argent sous son dos.

Soudain, il sentit le lit tout entier qui vacillait et tanguait, manquant s'effondrer. Elle s'était allongée à côté de lui! Les draps ondoyèrent comme des voiles dans la tempête, s'apaisèrent. Elle fit « Sssst! », comme un radiateur à vapeur, à l'intention de son mari. Lew entendit l'homme lever les pieds et les reposer par terre deux ou trois fois de suite, marchant sur place pour faire croire qu'il se dirigeait vers la porte. Puis il l'ouvrit, et ils entrèrent. Fermant les yeux, Lew glissa une main sous son dos, sur le revolver.

« Vous en mettez, du temps! dit une voix au bout du couloir. Quelqu'un est venu ici?

– Personne.

– Bon, on va regarder nous-mêmes! Donnez de la lumière! »

Lew vit à travers ses paupières une lueur écarlate; il garda les yeux fermés. A côté de lui, la montagne remua, se dressa.

« *Che cosa, Mario?*

– *Polizia, non capisco.* »

Des gosses se réveillaient dans tout l'appartement, dans les pièces voisines, mêlant leurs voix au concert. Ç'aurait paru louche de continuer à dormir dans un tintamarre pareil. Lew se tortilla, s'étira, cligna des yeux, bâilla, arbora une expression d'innocente surprise. Il y avait deux flics dans la chambre : l'un, immobile, le fixait, l'autre regardait dans un placard.

Lew avait les cheveux noirs et le teint brouillé par la sous-alimentation, mais il ne parlait pas un mot d'italien.

« Qui est ce type? demanda le flic.

– *Il mio fratello.* »

Son frère... Le bruit qu'elle faisait avec Mario et les gosses le couvrait.

Le premier flic sortit. Le second s'approcha de Lew et souleva le coin de la couverture. Tout ce qu'il vit fut un torse squelettique en maillot de corps. La chemise de Lew était roulée en boule à ses pieds. Son index trouva la détente du revolver, se posa dessus. Si le flic disait « Debout! », ce seraient ses dernières paroles.

« Trois dans le même lit? dit-il d'un air dégoûté. Pourquoi pas aussi le pépé? Ah! ces Ritals! »

Il rejeta les couvertures sur Lew et sortit à grands pas.

Par la porte ouverte, Lew l'entendit rejoindre ses collègues à l'étage au-dessus. Un instant plus tard, leurs pas lourds résonnèrent au plafond, juste au-dessus de sa tête.

Une fillette d'une dizaine d'années, toute menue, le regarda timidement depuis le seuil.

« Eteignez-moi cette lampe ! dit-il. Faites sortir ces gosses ! Laissez cette porte ouverte jusqu'à ce qu'ils soient partis ! Dites à votre mari de rester dans l'escalier et de jouer les curieux, comme les autres ! »

Ils abandonnèrent leurs recherches au bout d'un quart d'heure. Lew les entendit redescendre, puis il entendit leurs voix dans la rue, juste sous les fenêtres.

« Rien à faire ? demanda quelqu'un.

– Nan, il a dû filer par la cour de derrière.

– Et O'Keefe, c'est grave ?

– Simple éraflure au crâne. Un peu étourdi, c'est tout. »

Ainsi donc, le flic n'était pas mort.

Quand Mario sortit de l'immeuble, à huit heures et demie du matin, pour se rendre chez le coiffeur qui l'employait, son « beau-frère » l'accompagnait, collé à lui comme un sparadrap. Lew portait un vieux chapeau de Mario et un ample chandail rouge qui dissimulait la veste bleue du costume de Tom. Celle-ci aurait paru trop belle pour un type sortant de cet immeuble minable. Le chandail rouge avait coûté à Lew encore cinquante dollars. La rue avait un aspect normal; rien de commun avec le stand de tir qu'elle avait été à quatre heures du matin. Côte à côte, ils se dirigèrent vers la 2e Avenue, passèrent devant l'endroit où O'Keefe avait mordu la poussière, devant l'angle où la fumée du coup de feu de Lew avait flotté, livide, à la lueur du réverbère. Au coin, un kiosque était ouvert; Lew acheta un journal. Puis il attendit le bus avec Mario.

Quand le bus arriva, Lew poussa Mario dedans, seul, et fit signe au conducteur de démarrer. Le bus repartit avant que Mario ait eu le temps de dire ou de faire quoi que ce soit. Lew avait eu l'impression – sans connaître l'italien – que la bonne femme exhortait Mario à faire main basse sur l'argent qui lui restait. Avec un ricanement, Lew caressa la poche où se trouvaient de nouveau les cinq cents dollars, intacts. L'occasion avait été trop belle : profitant de ce que la femme lui tournait le dos, il avait glissé la main sous le matelas et récupéré l'argent. Ils s'étaient donné tout ce mal pour rien.

D'un pas vif, Lew se dirigea vers l'ouest et descendit la 3e Avenue. Il garda le chapeau et le chandail : dans ce quartier, ils ne juraient pas. Pendant la poursuite à la sortie de chez *Rubin's,* les flics l'avaient vu en costume bleu et non dans ces vêtements. Et même si la *signora* fulminait en s'apercevant qu'il l'avait bernée, elle ne pourrait se plaindre à la police ni donner son nouveau signalement, sous peine d'être impliquée avec son mari.

Par contre, une chose dont il fallait s'occuper sans tarder, c'était la question des munitions. D'après les calculs de Lew (mais il s'était passé tant de choses qu'il commençait à s'embrouiller), il avait tiré en tout et pour tout quatre coups de feu. Un chez Tom, deux chez *Rubin's* et un dans la rue, pendant la poursuite. Il devait donc rester deux balles; or, si l'avenir immédiat ressemblait au passé immédiat, il lui en faudrait beaucoup plus. Non seulement il ne savait pas où en acheter mais il ne savait même pas comment ouvrir l'arme pour voir combien elle en contenait.

Il décida de tenter une maison de crédit. Pas ici, en plein centre, mais dans l'East Side ou dans Bowery Street. Et si on refusait de lui en vendre, il tirerait et se servirait lui-même.

Il monta dans un tramway à Chatham Square. Il trouvait ce moyen de locomotion plus sûr que le métro; en cas d'urgence, il pourrait sauter sur la chaussée sans attendre l'arrêt. Il pourrait également voir par les fenêtres où il allait et n'aurait pas trop à marcher en descendant. Il ne se voyait pas hélant un taxi dans la tenue où il était. D'autant qu'il pouvait difficilement dire au chauffeur : « Conduisez-moi à une maison de crédit. » On peut prendre un taxi pour en revenir, mais pas pour y aller.

Il alla s'asseoir au bout du tram et ouvrit son journal. Il n'eut pas à chercher. Cette fois, ça *faisait* un gros titre. VAGUE DE CRIMES CETTE NUIT! Et, dessous : *Un tireur enragé en liberté dans la ville.* Lew regarda les nuques indifférentes des autres voyageurs. Aucun d'entre eux ne lui avait prêté attention quand il avait descendu le couloir à l'instant. Pourtant, plus d'un, en ce moment même, devaient lire le même article que lui; il voyait les journaux dans leurs mains. C'était lui le tueur, assis dans le même tram qu'eux, et ils ne s'en doutaient même pas! Son mépris pour la mort commençait à s'étendre dangereusement vers les vivants; le stade suivant, logique, l'amènerait au-delà des frontières de la raison, au complexe du surhomme.

Heureusement, il ne franchit jamais ce pas. Quelque chose, dans ce même journal, empêcha le processus de se développer davantage. Deux choses qui jetèrent de l'eau froide sur le début d'incendie. Sous la forme de deux paragraphes qui ébranlèrent sa confiance en soi, un peu comme la veille au soir, avant qu'il ne touche le visage du mort dans les toilettes du cinéma. Le premier paragraphe disait : *La police, espérant que le jeune Tom Lee pourrait sans le savoir les mener jusqu'au suspect, décida de le relâcher peu après minuit. L'inspecteur Walter Daly fut chargé de le suivre. Daly coinça Stahl sur le toit d'un immeuble mais, dans la lutte qui s'ensuivit, il perdit l'équilibre et dégringola cinq étages. Le jeune gangster put ainsi s'échapper une seconde fois. On a retrouvé le policier, les deux jambes cassées, inconscient mais encore vivant, sur un tas d'ordures dans une cour adjacente de l'immeuble.*

Ce fut le premier choc. Encore vivant, hein ? Et il avait perdu l'équilibre, hein ? Une ou deux lignes plus loin vint le second choc :

Entre-temps, Stahl, muni du revolver de l'inspecteur, redescendait par l'escalier et tirait de sang-froid sur Lee dans sa chambre. Ce dernier, blessé au cou, a été conduit à l'hôpital. Quoique dans un état très grave, il a une bonne chance de s'en sortir...

Assommé, Lew laissa tomber le journal. Ainsi, Tom non plus n'était pas mort ! Lew n'était pas aussi redoutable qu'il l'avait cru; ce n'était pas si facile de tuer, surtout quand on visait mal. Un peu de son ancien respect pour la mort lui revint. Premier pas sur la voie de la guérison. Il se rappela le serveur de chez *Rubin's,* effondré sur le seuil; quand Lew l'avait enjambé, l'autre avait manifestement bougé : il ne l'avait donc pas liquidé non plus. Tout ce qu'il avait réussi à faire, c'était voler la caisse d'un restaurant, confisquer à un chauffeur de taxi son pantalon et son engin, et échapper aux flics à trois reprises : au cinéma, sur le toit et chez l'Italienne. Joli score pour un seul gars, mais pas suffisant – de loin – pour en faire un Dillinger de Manhattan.

Il avait perdu beaucoup de sa confiance et il n'arrivait pas à la retrouver. La nervosité – qui ne l'avait pas effleuré durant la nuit – opéra un brusque retour en force.

« Il me faut des balles pour ce revolver ! se dit-il. Quand je les aurai, tout ira bien. La frousse disparaîtra et je retrouverai le punch ! »

Il repéra une boutique ayant l'aspect d'une maison de crédit et sauta du tram.

Il poussa vivement les portes battantes et une odeur de camphre atteignit ses narines. Le propriétaire vint vers lui de l'autre côté du comptoir. Lew se pencha sur un coude, essayant d'arrêter les tremblements qui l'agitaient.

« Pouvez-vous me donner quelque chose pour ça ? »

Il tendit la main vers la poche où était le revolver.

Le visage du propriétaire était comme un miroir. D'abord attentif, curieux de voir ce que c'était; surpris, quand son client se mit à pâlir; stupéfait, quand Lew s'agrippa au comptoir pour ne pas tomber.

Le revolver avait disparu. Il n'était plus là. Lew fouilla fébrilement ses autres poches, mais c'était un pur réflexe; le vide de la première expliquait tout. Il croyait avoir berné cette diablesse d'Italienne; en fait, c'était elle qui l'avait berné ! Elle lui avait fauché l'arme pendant qu'elle l'aidait à enfiler le vieux chandail rouge de son mari. Le motif ? Facile à deviner : pour que Mario ne coure aucun risque quand, dans la rue, il tenterait de faire chanter Lew pour le reste des cinq cents dollars – comme elle le lui avait demandé. Lew avait parcouru tout un *block* avec lui, avait fait tout le trajet en tram jusqu'ici sans remarquer sa disparition ! Sacré tueur, en vérité !

Il sentait le peu de confiance qui lui restait se recroqueviller en lui, minée par ce coup de grâce.

La panique revenait. Il se reprit. Après tout, il avait cinq cents dollars en poche. Il n'avait qu'à acheter un autre revolver et des cartouches.

« J'veux acheter un revolver. Montrez-moi ce que vous avez.

– Montrez-moi votre permis, contra l'homme.

– Ecoutez, laissez tomber cette formalité, haleta Lew. Je vous paierai le double. »

Il sortit l'argent.

« Ouais, c'est ça, grogna le propriétaire. Et qu'est-ce qui m'arrivera quand ils sauront où vous vous l'êtes procuré ? Je dois penser à ça. »

Lew savait que l'homme avait des revolvers; sa façon même de parler le prouvait. Il s'effondra.

« Pour l'amour de Dieu, filez-moi un revolver ! gémit-il.

– Vous êtes drogué, mon gars. Oust, dehors ! »

Lew serra les dents.

« Filez-moi un revolver, sinon... »

Il fit un geste menaçant vers sa poche intérieure. Mais il n'avait rien pour menacer; sa main retomba, inerte. Il se sentit pris au piège, sans recours. En lui, l'effritement se poursuivait. Il geignit, implora, supplia.

Le propriétaire fit un pas en direction de la porte.

« Sortez ou j'appelle la police ! Vous croyez peut-être que je veux perdre ma licence ? » Puis, avec une rage soudaine : « Où y a-t-il un flic ? »

Police. Flics. Lew tourna les talons et fila comme l'éclair.

Et il comprit alors ce qui fait un tueur : non pas l'homme lui-même mais un simple bout de métal dans sa main, façonné par des hommes plus habiles que lui. Sans cela, rien qu'un roquet hargneux, incapable de tenir tête à un prêteur sur gages bedonnant.

Ce qui se passa juste après, Lew n'en eut pas conscience. Une fuite éperdue, incessante – du néant vers le néant. Il ne courait pas vraiment. Il avançait, ne cessait d'avancer, comme une voiture sans conducteur, un bateau sans gouvernail.

C'est peu de temps après qu'il vit le journal. Le gros titre s'étalait en lettres énormes sur le présentoir : L'ASSASSIN DU CINÉMA AVOUE. Tremblant de la tête aux pieds, Lew prit l'exemplaire du dessus.

Le directeur du cinéma. Il s'appelait Weeks. Quelqu'un avait remarqué qu'il s'était changé après la séance de l'après-midi. On avait mis la main sur le premier costume, que Weeks avait déposé chez un teinturier : il y avait du chewing-gum sur le fond du pantalon. Or, le siège derrière celui de Kemp, la victime, était maculé de chewing-gum. Le teinturier expliqua que Weeks était arrivé en toute hâte, vers six heures, et qu'il s'était changé dans la boutique même. Il avait là un autre costume, tout prêt, qui attendait d'être pris. Il avouait tout maintenant, et déclarait que la victime avait pénétré chez lui par effraction.

Lew lâcha le journal. Les feuilles se séparèrent, tombèrent à ses pieds.

Elles adhérèrent à ses chaussures. Lew se remit en marche, comme un homme avançant péniblement dans la neige. « Le meurtrier du cinéma avoue... Cinéma avoue... Avoue... »

Au fond de lui-même, il devait bien savoir où il allait, mais il n'en avait pas conscience : malgré la clarté du jour, il était dans une sorte de brouillard. La petite plaque bleue et blanche, sur le réverbère, indiquait : *Center Street.* Il descendit lentement la rue. Il franchit le seuil du poste de police, entre les deux lampes vertes qui flanquaient l'entrée. Il se dirigea vers le type assis derrière le bureau et lui dit :

« Je crois que vous me cherchez, vous autres. Je suis Lew Stahl. »

Il valait mieux qu'on le retire de la circulation pendant quelque temps, le plus longtemps possible; Lew le sentait. Il avait trop appris en une seule nuit. Il s'était trop accoutumé à la mort. Le meurtre était une habitude qui, une fois prise, devait être terriblement difficile à perdre. Lew ne voulait pas être un meurtrier.

MEURTRE AU SNACK

(Murder at the Automat, 1937)

A UNE heure moins vingt du matin, Nelson poussa la porte à tambour, suivi de son collègue Sarecky. Ils s'avancèrent et regardèrent autour d'eux. Le snack avait un drôle d'aspect. Presque toutes les petites tables blanches étaient garnies de plateaux-repas mais il n'y avait personne devant. Une grosse foule noire, compacte et bourdonnante comme un essaim d'abeilles, était massée dans un coin. Perchés sur des chaises, un ou deux curieux essayaient de voir par-dessus la tête de ceux qui étaient aux premiers rangs.

Un flic émergea de la foule :

« Allez, reculez ! Ecartez-vous de cette table, tous. Il n'y a rien à voir. L'homme est mort. »

Il rejoignit les deux policiers à mi-chemin entre la foule et la porte.

« Là-bas, dans le coin, dit-il sans nécessité. Une indigestion, je suppose. »

Les trois hommes fendirent de nouveau la foule – dans l'autre sens, cette fois. Au centre, il y avait une petite table blanche, un homme mort sur une chaise, un médecin des hôpitaux, deux brancardiers et le patron du snack.

« Mort ? demanda Nelson à l'interne.

– Ouais. On est arrivés trop tard. » Il se rapprocha du policier et lui glissa à l'oreille : « Faudrait l'envoyer à la morgue pour une autopsie. On dirait qu'il s'est suicidé. Il a une traînée blanche sur le menton et son sandwich à demi entamé contient la même substance blanchâtre. C'est pour ça que je vous ai fait venir. Bonne nuit », conclut-il d'un ton goguenard.

Il se fraya à coups de coude un chemin dans la foule, les deux brancardiers sur ses talons. Dehors, des portières claquèrent, des phares éblouissants balayèrent le coin de la rue et l'ambulance s'éloigna dans un hurlement de sirène. Nelson dit au flic :

« Postez-vous devant la porte et veillez à ce que personne ne sorte avant que nous ayons trouvé les trois autres clients qui étaient à cette table.

— Il y a une petite galerie en haut, intervint le patron. Ne pourrait-on pas l'y transporter, au lieu de le laisser là devant tout le monde ?

— Très bientôt, dit Nelson, mais pas tout de suite. »

Il inspecta la table. Quatre plateaux-repas étaient posés dessus, un de chaque côté. Deux étaient à peine entamés. Le troisième était terminé; il ne restait que les assiettes sales. Le dernier était caché par le buste du cadavre effondré dessus, un bras sur la nappe, l'autre pendant vers le sol, inerte.

« Qui était assis là ? dit Nelson en indiquant l'un des plateaux intacts. Que la personne s'avance d'un pas et décline son identité. » Nul ne bougea. « Personne ne sortira d'ici tant que nous n'aurons pas identifié les trois clients qui étaient à cette table avec la victime », reprit Nelson en haussant la voix.

Quelqu'un commença à sortir de la foule à reculons. La femme qui, un instant auparavant, était si impatiente de rentrer chez elle, pointa un doigt accusateur :

« *Lui* y était ! Cet homme, là ! Je me souviens très bien de lui. Il m'a heurtée avec son plateau avant de s'asseoir. »

Sarecky s'avança, prit l'homme par le bras et le ramena sur le devant.

« On ne vous fera pas de mal, dit Nelson en voyant son visage livide. Seulement, ne nous compliquez pas la tâche.

– C'est la première fois que je vois ce type-là, gémit l'homme, comme si on l'avait déjà accusé du meurtre. J'ai juste posé mon plateau à la première place libre que... » La détresse partagée étant moins pénible, il s'interrompit net et pointa le doigt à son tour. « Il était à cette table, lui aussi ! Pourquoi vous me retenez et pas lui ?

– C'est précisément ce que nous allons faire, dit sèchement Nelson. Par ici, vous, ordonna-t-il au nouveau témoin. Et maintenant, qui mangeait des spaghetti à sa droite, là ? Dès que nous le saurons, les autres pourront rentrer chez eux. »

Les badauds regardèrent autour d'eux d'un air indigné, à la recherche du témoin récalcitrant qui prolongeait leur détention. Mais cette fois personne ne fut en mesure de l'identifier. Finalement, un serveur en uniforme blanc s'avança et dit à Nelson :

« J'crois qu'il est parti tout de suite après. Il avait déjà fini de manger quand j'ai regardé vers cette table, une minute avant que le type s'effondre. Il se curait les dents et s'apprêtait à se lever.

– Il n'est pas aussi malin qu'il se l'imagine, dit Nelson. Parti ou non, on le rattrapera. Pour le moment, vous autres, débarrassez le plancher. Et ne donnez pas de faux noms et de fausses adresses au flic à la porte, sans quoi vous vous attirerez des ennuis. »

La salle se vida comme par magie, l'instinct de conservation étant, chez la plupart des gens, plus fort que la curiosité. Les deux voisins de table du mort restèrent sur place, ainsi que le patron du snack, le personnel et les deux policiers.

Un médecin légiste arriva, suivi de deux hommes portant l'habituelle civière, et se livra à un bref examen préliminaire. Pendant ce temps, Nelson interrogeait les deux témoins, le serveur et le patron. Par recoupements, il obtint un tableau éclairant de la situation.

Le personnel connaissait bien – de vue – la victime, qu'il considérait comme un vieil original. Il venait régulièrement à la même heure tous les soirs, juste avant la fermeture, et se servait toujours au même distributeur[1] : un café et un sandwich au saucisson. Ça n'avait pas varié une seule fois en six mois. Le serveur, après le départ de l'homme, remportait toujours les mêmes restes. Le patron confirma lui-même la chose. Une semaine auparavant, un soir, la victime avait fait une scène parce que les distributeurs de sandwichs au saucisson étaient tous vides à son arrivée. Le patron avait été contraint de lui rappeler que, dans un établissement de ce genre, les premiers arrivés sont les premiers servis et qu'on ne peut pas réserver sa nourriture à l'avance. Interrogé par Nelson, le caissier ajouta encore à la réputation d'excentricité du vieillard. Il expliqua que la plupart des clients – même d'apparence aisée – venaient faire de la monnaie d'un demi-dollar – un dollar tout au plus; le vieux, lui, avec

1. Il s'agit ici d'un « automat », sorte de snack où les clients se servent à des distributeurs automatiques. (NDT).

son chapeau cabossé et son pardessus élimé, ne manquait jamais de sortir un billet de dix, parfois même de vingt dollars.

« Un avare, hein ? dit Nelson. Ces gens-là finissent toujours dans la misère, d'une façon ou d'une autre. »

On emporta le vieux type, ainsi que le sandwich entamé. Le médecin légiste annonça à Nelson :

« Quelque chose pour vous, mon vieux. Ou je me trompe fort, ou le sandwich était bourré de cyanure. »

Sarecky, qui avait fouillé les vêtements de l'homme, dit :

« Il s'appelle Leo Avram, et voilà son adresse. A part ça, il avait sept cents dollars – en billets de cent – dans sa chaussure droite et trois cents dans la gauche. Tu veux que j'aille faire un tour chez lui ?

– Je m'en occupe, dit Nelson. Toi, termine le boulot ici.

– T'es un pote », murmura l'autre policier d'un ton acide.

L'emballage du sandwich avait échoué sous la chaise. Nelson le ramassa, l'enveloppa dans une serviette en papier et l'empocha. Il n'eut pas beaucoup à marcher pour se rendre à l'adresse d'Avram, un vieil immeuble sans ascenseur qui tombait en ruine.

Nelson entra dans le hall mais ne trouva pas d'Avram sur la liste des locataires. Il pensa d'abord que Sarecky s'était trompé ou qu'il avait été abusé par le document censé mentionner l'adresse du vieux. Il appuya sur le bouton marqué *Gardien* et avança jusqu'à l'entrée du sous-sol. Au même instant en émergea une femme blonde, corpulente, en vieux chandail et pantoufles.

« Y a-t-il un nommé Avram dans cet immeuble ?

– C'est mon mari... le gardien. Il n'est pas là pour le moment, mais je l'attends d'une minute à l'autre. »

Nelson n'aurait su dire pourquoi il ne lui annonça pas la nouvelle à ce moment-là. Peut-être voulait-il se faire une idée du mode de vie du vieil homme tant que les conditions demeuraient normales.

« Puis-je entrer et attendre un instant ?

– Si vous voulez », dit-elle avec indifférence.

Elle le précéda dans un couloir décrépi, non éclairé, encombré de poubelles vides, et le fit entrer dans une pièce verdâtre faiblement éclairée par une lampe à gaz. L'immeuble avait beau être ancien, Nelson avait remarqué qu'il y avait l'électricité au rez-de-chaussée. Par conséquent, au sous-sol également. Un fil électrique pendait du plafond, terminé par une douille vide. On l'avait enroulé sur lui-même pour le mettre hors d'atteinte. « Pas à dire, songea Nelson, le vieux était avare. Se balader avec mille dollars dans ses chaussures et vivre dans ces conditions ! » Il ne put s'empêcher de plaindre un peu la femme.

Avec une surprise plus grande encore, il aperçut une cafetière qui chauffait sur une cuisinière à un seul feu, dans un coin. Il se demanda si Mme Avram savait ce que son mari s'offrait chaque soir hors de chez lui.

« Vous savez où il est ? s'enquit-il en s'asseyant dans un fauteuil à bascule grinçant.

– Tous les soirs, à cette heure-ci, il va manger un morceau au snack, à deux blocks d'ici.

– Comment ça se fait, reprit-il avec curiosité, qu'il dépense de l'argent pour ça, alors qu'il pourrait prendre du café ici, avec vous ? »

Un éclair de rancune passa sur son visage, mais c'était une rancune frustrée, depuis longtemps muée en résignation. Elle haussa les épaules.

« Rien n'est trop bien pour lui. Il va là-bas parce que la lumière est meilleure, qu'il dit. Mais pour moi et pour les gosses, il compte le moindre penny.

– Vous avez donc des enfants ?

– Ce sont les miens, pas les siens », dit-elle d'une voix sourde.

Nelson avait déjà remarqué une fillette et un petit garçon qui l'observaient timidement depuis la pièce voisine.

« Je suis navré de devoir vous annoncer ça, madame Avram, dit-il en se levant, mais votre mari a eu un accident au snack. Il est mort. »

La lassitude impassible de son expression se transforma très lentement. Mais elle se transforma – en effroi.

« Du cyanure ?... Qu'est-ce que c'est ? haleta-t-elle lorsqu'il l'eut mise au courant.

– Avait-il des ennemis ?

– Personne ne l'aimait, répondit-elle avec une extrême simplicité. Mais personne ne le haïssait à ce point-là.

– D'après vous, aurait-il eu un motif de se tuer ?

– Lui ? Jamais ! Il se cramponnait autant à la vie qu'à son argent. »

Le policier dut reconnaître que la comparaison était juste. Les avares se suicident rarement.

La petite fille se glissa craintivement dans la pièce, les mains cachées derrière le dos.

« Il... il est mort, m'man ? »

La femme hocha la tête, les yeux secs.

« Alors, on peut s'en servir maintenant ? »

Elle tenait entre ses mains une ampoule électrique couverte de chiures de mouches.

Nelson avait beau être un policier endurci, il se sentit ému.

« Passez demain au commissariat, madame Avram, dit-il. Il y aura de l'argent pour vous. 'Soir. »

Il sortit en claquant derrière lui la grille d'accès au sous-sol. Près de lui, les fenêtres s'éclairèrent faiblement et la silhouette d'une femme debout sur une chaise s'y découpa. Le policier secoua la tête.

« Drôle de monde », pensa-t-il en prenant pied sur le trottoir.

Il était maintenant deux heures du matin. Quand Nelson retourna au snack, celui-ci était plongé dans l'obscurité. Il alla donc au commissariat. On interrogeait le patron du restaurant et l'employé chargé de préparer les sandwichs et de remplir les casiers des distributeurs.

Le capitaine annonça à Nelson :

« Les gars du labo ont déjà appelé pour dire que le sandwich est bourré de cristaux de cyanure. D'autre part, ils ont soigneusement examiné les autres choses qu'on leur avait envoyées en même temps : le reste du pain et du saucisson qui ont servi à préparer le sandwich, le couteau à pain, la planche à découper et les miettes ramassées dans la poubelle. Rien à signaler : les provisions du snack étaient absolument normales. Autrement dit, le cyanure a été introduit dans le sandwich côté consommateur. Soit Avram s'est suicidé, soit il a été assassiné par un des autres clients.

— J'arrive de chez lui, dit Nelson. Ce n'est pas

un suicide. Les gens décidés à se tuer ne se préoccupent pas de réduire au maximum leur note d'électricité.

– Bon raisonnement, approuva le capitaine. D'ailleurs, l'expérience prouve que l'avarice n'est qu'une forme pervertie de l'instinct de conservation, un besoin exagéré de se cramponner à la vie. En outre, la méthode utilisée ne colle pas. Le cyanure coûte cher et on n'en vendrait pas sur simple demande à un type comme Avram. C'est donc un meurtre. Il faut absolument que vous me trouviez le quatrième homme qui était à cette table. Et sans perdre de temps.

Grâce aux indications du serveur et des deux autres témoins, ils possédaient un signalement assez précis de l'inconnu. C'était un homme trapu, au teint mat, vêtu d'un costume beige clair. Il s'était installé le premier à cette table, et il s'était attardé après avoir terminé son repas. Signes particuliers : il jetait de fréquents coups d'œil par-dessus son épaule et se curait les dents. D'autre part, il avait une petite sacoche noire, genre valise d'échantillons. Les deux témoins étaient formels sur ce point : ils l'avaient heurtée du pied en s'asseyant et ils avaient regardé sous la table pour voir ce que c'était.

Avait-il tendu la main vers elle, à un moment quelconque, comme pour l'ouvrir ou prendre quelque chose dedans ?

Autant qu'ils s'en souvenaient, non.

Avram s'était-il relevé et absenté un moment, *après* s'être attablé avec son sandwich ?

Non, là encore. En fait, tout s'était passé très vite. Il avait bruyamment sorti le sandwich de son emballage, en avait avalé une grosse bouchée, sans mâcher, et s'était écroulé sur la table après un ou deux hoquets convulsifs.

« Alors, on a dû introduire le poison juste à la sortie du distributeur et non à la table même, dit Sarecky à Nelson. Je suppose qu'il a posé son sandwich quelque part pendant qu'il tirait son café.

– Certainement pas ! le contredit Nelson. Tu oublies qu'il était enveloppé dans du papier. Comment aurait-on pu ouvrir l'emballage, puis le refermer, sans attirer l'attention d'Avram ? Et si nous soupçonnons le type à la sacoche – ce que semble vouloir le capitaine –, il était *déjà* attablé et avait fini de dîner quand Avram s'est assis. Comment aurait-il pu savoir à l'avance à quelle table le vieux allait s'installer ?

– Comment le poison est-il arrivé là, alors ? D'où venait-il ? demanda l'autre policier avec un geste d'impuissance.

– C'est ce que nous sommes payés pour découvrir, lui rappela sèchement Nelson.

– Sacré boulot, non ?

– Tu parles comme un profane. Tu es dans la police depuis assez longtemps pour savoir qu'il est parfaitement impossible d'échapper à ses petites habitudes, de s'en débarrasser une fois qu'elles sont prises. Les gens s'imaginent que le travail d'un flic est quelque chose de miraculeux, comme de faire sortir des lapins d'un haut-de-forme. Ils ne réalisent pas qu'aucun adulte n'a son libre arbitre – que d'inoffensives petites manies les tiennent à leur merci, pieds et poings liés, sans recours. Notre homme a l'habitude de prendre un casse-croûte à minuit dans un self-service. Il a l'habitude de se curer les dents après avoir terminé, de traîner à table, de regarder de temps en temps par-dessus son épaule. Combine ça avec une silhouette trapue, une peau mate, et tu le tiens ! Qu'est-ce qu'il te faut de plus ?... Un projecteur braqué sur lui ? »

Malgré ses doutes, ce fut Sarecky lui-même qui dépista l'homme quarante-huit heures plus tard dans un autre snack, avec sa mallette à échantillons et tout, vers la même heure que la première fois. Il le conduisit aussitôt au commissariat pour l'interrogatoire. Le serveur du premier snack et les deux clients l'identifièrent sans hésitation, bien qu'il portât ce soir-là un costume gris.

Il déclara s'appeler Alexander Hill et habiter au numéro 215 de telle rue.

« Qu'est-ce que vous faites comme travail ? » gronda le capitaine.

L'homme devint livide. Sa pomme d'Adam monta et descendit comme un ascenseur.

« Je... je suis représentant en produits pharmaceutiques, bredouilla-t-il, terrifié.

— Ah ! » firent d'un air entendu deux de ses trois interrogateurs.

Il apparut que la valise à échantillons contenait uniquement des tubes de dentifrice, des cachets d'aspirine et divers médicaments contre la migraine.

Nelson, tout en fourrageant dedans, pensait : « Bon sang ! non, c'est trop beau pour être vrai. Il est trop effrayé, trop désarmé pour avoir fait le coup. Il est arrivé ici sans même avoir préparé le moindre système de défense. Dans ces circonstances, le véritable coupable aurait sorti le grand jeu. Lui, regardez-le s'effondrer. Les innocents réagissent toujours ainsi. »

La voix du capitaine s'enfla en un rugissement :

« Pourquoi êtes-vous parti si vite, l'autre soir, alors que tous les autres restaient sur place ?

— Je... je ne sais pas. C'est arrivé si près de moi que... ça m'a rendu nerveux. »

Ce n'était pas forcément un signe de culpabilité, songeait Nelson. Mais comme c'était son devoir de prendre part à l'interrogatoire, il lança :

« Ça vous a rendu nerveux, hein ? Et pourquoi étiez-vous nerveux ? Comment pouviez-vous savoir que ce n'était pas simplement une crise cardiaque ou un malaise...? A moins que vous ne vous y attendiez ? »

L'autre protesta avec l'énergie du désespoir :

« Non ! Non ! Je ne vends pas de poison ! Je ne transporte aucun produit de ce genre...

— Vous savez donc ce que c'était ? intervint vivement Sarecky. Comment le savez-vous ? On ne vous l'a pas dit.

— Je... je l'ai lu le lendemain dans les journaux », gémit-il.

Nelson dut reconnaître que tous les journaux en avaient parlé.

« A aucun moment vous n'avez tendu la main devant lui pour prendre quelque chose sur la table ? Vous avez laissé vos mains tranquilles ? » Sans lui laisser le temps de répondre, il cria : « *Et le sucre ?* »

Le suspect réagit de mal en pis.

« Je n'en prends jamais ! » pleurnicha-t-il.

C'était ce que Sarecky attendait.

« A d'autres ! hurla-t-il en se tournant brusquement vers lui. Ce soir, avant de vous taper sur l'épaule, je vous ai observé dix bonnes minutes. Vous avez vidé la moitié du sucrier dans votre tasse ! »

Son poing le frappa sur le côté de la mâchoire, l'envoyant par terre, lui et la chaise sur laquelle il était assis. La peur rendait le type complètement incohérent.

Nelson, lui, persistait à penser : « Non, on mise sur le mauvais cheval. C'est une coïncidence. Le hasard a voulu qu'un représentant en produits pharmaceutiques s'asseye à la table d'un gars qui meurt d'un empoisonnement au cyanure ! » Il savait néanmoins que plus d'un type était passé à la chaise uniquement à cause d'une simple coïncidence. Un jury ne pouvait faire autrement que d'en tenir compte.

A ce stade de l'interrogatoire, le capitaine prit Nelson à part – à son grand soulagement – et lui chuchota :

« Va à son appartement et fouille-le à fond pendant qu'on le retient ici. Si tu déniches un tant soit peu de cyanure quelque part, l'affaire est dans le sac. Il s'effondrera comme un jeu de cartes. » Il jeta un coup d'œil vers la silhouette avachie sur la chaise. « On l'aura avant le matin », promit-il.

« C'est bien ce que je crains, se dit Nelson en sortant du bureau. Et qu'est-ce qu'on aura gagné ? Rigoureusement rien. » Ce n'était pas le genre de policier à préférer tenir un faux coupable plutôt que pas de coupable du tout, comme certains. Il voulait le vrai coupable ou rien. Lorsqu'il quitta le capitaine, celui-ci ôtait sa veste – menace plus psychologique que physique – et la malheureuse victime des circonstances gémissait : « Ce n'est pas moi, ce n'est pas moi » comme un disque rayé.

Hill était célibataire et habitait un petit studio dans le West Side. Nelson entra avec la clef du propriétaire, alluma et se mit au travail. En une demi-heure, il avait fouillé l'endroit de fond en comble. Il n'y avait pas le moindre grain de cyanure, rien qu'ils n'aient déjà trouvé dans la valise à échantillons. Naturellement, Hill aurait pu s'en procurer par l'intermédiaire de la société pour laquelle il travaillait ou chez l'un des pharmaciens qu'il fournissait. Nelson trouva une liste de ces derniers; il l'emporta pour essayer cette piste le lendemain.

Au lieu de rentrer directement au commissariat, il fit un détour par chez Avram. Voyant de la lumière aux fenêtres, il alla sonner à la porte.

La petite fille sortit du sous-sol, suivie de son frère.

« M'man est pas là, annonça-t-elle.

– Elle est avec oncle Nick », précisa le garçonnet.

Sa sœur se tourna vivement vers lui.

« Elle nous avait dit de pas le dire ! »

Nelson devinait sans peine les recommandations de Mme Avram : « Et surtout, si ce monsieur revient, ne lui dites pas que je suis sortie avec l'oncle Nick, hein ! »

Mais les enfants sont très transparents. Sans même s'en rendre compte, ils dirent à Nelson à peu près tout ce qu'il voulait savoir.

« Ce n'est pas vraiment votre oncle, hein ? »

Un hoquet de surprise :

« Comment vous le savez ?

– Votre maman va l'épouser ? »

Ils hochèrent la tête affirmativement :

« Il va être notre nouveau papa.

– Comment s'appelait votre vrai papa... celui avant le dernier ?

– Edwards, répondirent-ils en chœur avec fierté.

– Qu'est-il devenu ?

– Il est mort.

– A Dee-troit », ajouta le petit garçon.

Il leur posa une dernière question :
« Pouvez-vous me dire son nom complet ?
– Albert J. Edwards », récitèrent-ils.
Il leur donna une petite bourrade amicale.
« C'est bien, les enfants, retournez vous coucher. »

De retour au commissariat, il envoya un télégramme aux archives de la police de Detroit, sans en référer à personne. Pendant ce temps, les autres continuaient à interroger Hill sans répit, mais il n'avait pas encore avoué.

« Rien, annonça Nelson. Juste une liste des pharmaciens chez qui il place ses commandes.

– Je vais tenter de le bluffer avec une poignée de bicarbonate de soude, en lui faisant croire qu'on a toutes les preuves contre lui, dit le capitaine d'un air lugubre. On verra si ça lui délie la langue. Il est plus coriace que je pensais ! Toi, dès sept heures du matin, tu commences à te renseigner chez les pharmaciens de la liste. Trouve-moi s'il a jamais essayé de leur faire acheter du cyanure. »

En attendant, le capitaine chargea Nelson de transférer discrètement Hill dans un commissariat éloigné, afin de contourner la loi limitant la durée de détention préventive d'un suspect avant l'inculpation. On n'avait pas encore assez de preuves contre lui pour l'inculper mais ils étaient bien décidés à ne pas le lâcher.

Nelson fut encore plus surpris que le prisonnier de ce qu'il fit à ce moment-là. Alors qu'ils attendaient ensemble dans le couloir le fourgon cellulaire, il lui chuchota par-dessus l'épaule :

« Tenez bon ou vous êtes fichu ! »

L'homme paraissait trop hébété pour comprendre seulement où Nelson voulait en venir.

Nelson était là le lendemain matin, quand Mme Avram se présenta au commissariat pour réclamer l'argent. Il l'observa avec curiosité. Elle avait la même expression de lassitude résignée que le soir où il lui avait annoncé la mort de son mari. Elle prit l'argent que lui remettait le capitaine, signa un reçu et se détourna avec apathie, les billets à la main. Le capitaine, par un arrangement préalable, avait encore tendu un de ses petits pièges : il avait gardé un des billets de cent dollars pour voir quelle serait la réaction de Mme Avram.

A mi-chemin de la porte, elle se retourna, alarmée, et revint précipitamment sur ses pas.

« Messieurs, il doit y avoir une erreur! Il y a... il y a un billet de cent dollars sur le dessus! » Elle feuilleta fébrilement la liasse. « Mais... ce sont tous des billets de cent dollars! s'écria-t-elle, abasourdie. Je savais qu'il avait un peu d'argent dans ses chaussures — la nuit, il les mettait sous son oreiller — mais je m'attendais à soixante ou soixante-dix dollars...

— Il avait mille dollars dans ses chaussures, dit le capitaine, et mille autres dans la doublure de son pardessus. »

Elle lâcha les billets, agrippa des deux mains le rebord du bureau et s'affaissa par terre, évanouie. Ils durent l'asperger d'eau pour la ranimer.

Agacé, Nelson se demanda ce qui le troublait encore, ce qu'il lui fallait de plus pour le convaincre de la bonne foi de Mme Avram. D'un autre côté, se dit-il, comment reconnaître une véritable syncope d'un évanouissement simulé? On ferme les yeux, on s'effondre, quelle différence?

Après avoir dormi trois heures, il alla enquêter auprès de la société de produits pharmaceutiques pour laquelle Hill travaillait. La société ne fabriquait pas de cyanure — ni aucun autre poison — et l'employé était très bien noté. Nelson passa la matinée à interroger les détaillants qui avaient passé commande à Hill. Là encore, il n'aboutit nulle part. A midi, il cessa ses démarches et se rendit au snack du crime — non pour manger mais pour parler au patron. Au fond, il menait deux enquêtes parallèles : l'une, officielle, pour son chef; l'autre pour son propre compte. Le capitaine aurait piqué une crise s'il l'avait su.

« Est-ce que vous pourriez me prêter votre serveur, celui que nous avons interrogé l'autre soir ? J'en aurais besoin pendant environ une demi-heure.

— On ne refuse rien à la police », répondit le patron avec un sourire.

Nelson emmena avec lui le serveur, habillé en civil.

« Vous avez fort bien réussi à identifier Hill, le quatrième client assis à la table du mort, lui dit-il. Evidemment, je ne m'attends pas à ce que vous vous rappeliez tous les visages que vous avez vus cette nuit-là. Surtout dans un snack, où il y a un perpétuel va-et-vient. Néanmoins, voilà ce que vous allez faire. Vous allez descendre cette rue, là, jusqu'au numéro 121 — on le voit d'ici — et sonner à la loge du gardien. Officiellement, vous cherchez un appartement, vu ? Et tant que vous y êtes, vous regardez bien la femme qui vous ouvrira. Ensuite, vous revenez me dire si vous vous rappelez l'avoir vue au snack, ce soir-là ou un autre soir. Ne la dévisagez pas trop; prenez simplement une vue d'ensemble. »

Il lui fallut un peu plus de temps que Nelson l'avait prévu. Quand il rejoignit enfin le policier au coin de la rue, où celui-ci l'attendait, il dit :

« Non, pour autant que je me souvienne, je ne l'ai jamais vue chez nous. Mais je ne suis pas dans la salle en permanence. Elle aurait très bien pu entrer et sortir sans que je la repère. »

« Mais pas sans qu'Avram la voie, si jamais elle s'est approchée de lui », songea Nelson. Elle n'était donc pas allée au snack. C'était pratiquement certain.

« Qu'est-ce qui vous a retenu si longtemps? demanda Nelson.

– Une drôle de coïncidence... Il y avait là un type qui a travaillé pour nous à une certaine époque. Il m'a tout de suite reconnu. »

Le policier se redressa.

« Ah! ouais? Et *lui,* était-il au snack le soir du crime?

– Non, il a démissionné il y a six mois. Je ne l'avais pas revu jusqu'à maintenant.

– Que faisait-il? Il était cuisinier?

– Non, serveur comme moi. Il débarrassait les tables. »

Alors, encore une simple coïncidence. Mais si la première avait suffi à mettre Hill dans le pétrin, se dit Nelson, pourquoi l'autre n'aurait-elle pas aussi son importance? Les deux théories – la sienne et celle du capitaine – avaient maintenant chacune leur coïncidence. Restait à savoir laquelle était vraiment une coïncidence et laquelle n'en était pas une.

Il retourna au commissariat. Pas encore de réponse de Detroit. Mais il n'en attendait pas si tôt; il fallait du temps. Le capitaine, obstiné, refusait de relâcher Hill. On l'avait encore transféré dans un troisième endroit, où on le retenait sous un prétexte quelconque sans rapport avec l'affaire Avram. Le capitaine annonça tristement à Nelson que le piège du bicarbonate n'avait pas marché.

« Pourquoi ? demanda Nelson. Parce qu'il a vu du premier coup d'œil que ce n'était pas du cyanure ? Ce détail a peut-être son importance.

– Non, il a vraiment cru que c'en était. Mais il a juré ses grands dieux que ça ne venait pas de chez lui.

– S'il est incapable de faire la différence entre du cyanure et du bicarbonate de soude, cela ne le met-il pas hors de cause ? »

Le capitaine le regarda de travers.

« Es-tu pour nous ou contre nous ? dit-il avec aigreur. Continue à éplucher cette liste de pharmaciens, jusqu'à ce que tu aies trouvé où il s'est procuré le poison. Et si on ne peut pas dénicher d'autre mobile, je me contenterai de « curiosité scientifique dangereuse ». Il voulait étudier en direct les effets du cyanure et il a choisi le premier inconnu qui s'est présenté.

« Ben voyons ! Et dans un snack, le genre d'endroit le moins discret qui soit, où la manipulation des aliments est réduite au strict minimum ! »

Pour la première fois de sa carrière, Nelson désobéit délibérément aux ordres – ou plutôt, il en retarda l'exécution. Il commença par aller surveiller en solitaire l'entrée du sous-sol des Avram.

Au bout d'une heure, un homme trapu, de type étranger, sortit de l'immeuble et descendit la rue. C'était indubitablement « oncle Nick », futur mari de Mme Avram et ancien serveur au snack. Nelson le fila sans difficulté sur le trottoir opposé, monta dans le même bus que lui – mais un arrêt plus loin – et descendit à la même station.

« Oncle Nick » entra dans une banque et Nelson juste en face, dans un tabac équipé de cabines téléphoniques transparentes donnant sur la rue.

Quand il ressortit, Nelson renonça à le suivre davantage. Il entra à son tour dans la banque.

« Que venait faire ce type? Ouvrir un compte? Faites voir le titre de dépôt. »

Il avait déposé au nom de Nicholas Krassin mille dollars en liquide – la moitié de la somme que Mme Avram était venue chercher la veille au commissariat. Evidemment, cela ne prouvait en aucune façon que Krassin et Mme Avram étaient impliqués dans la mort du vieux. Cet argent revenait de droit à la veuve et si elle voulait le partager avec son futur ce n'était pas un crime. Malgré tout, n'était-ce pas là un mobile plus puissant que cette « curiosité scientifique dangereuse » que le capitaine avait imputée à Hill? Chose certaine, Mme Avram n'aurait pas vu la couleur de cet argent du vivant de son mari. Les billets seraient encore dans les chaussures et dans la doublure du pardessus du mort, hors de son atteinte.

Nelson se rendit à l'adresse que Krassin avait donnée à la banque et s'aperçut avec étonnement qu'elle était exacte. Les deux larrons n'étaient pas très malins – ou alors ils étaient innocents. De retour au commissariat, à six heures, il trouva la réponse de Detroit qui l'attendait. *Ordre d'exhumation obtenu conformément à requête stop Albert J. Edwards décédé janvier 1936 stop cause décès : chute d'un échafaudage pendant travaux construction d'un immeuble stop autopsie...*

Impassible, Nelson lut le télégramme jusqu'au bout, le plia et le mit dans sa poche.

« Alors, as-tu trouvé quelque chose? s'enquit le capitaine.

– Non, mais ça ne saurait tarder », lui assura Nelson.

Il pensait peut-être à l'autre enquête – la sienne –, pas à celle sur laquelle ils turbinaient tous. Il repartit sans dire où il allait.

A sept heures moins le quart, il sonnait chez Mme Avram. La petite fille vint à l'entrée du sous-sol. En le voyant, elle cria d'une voix stridente :

« M'man, c'est encore le monsieur ! »

Avec un petit sourire, Nelson entra dans la loge. Le calme se fit brusquement, d'une épaisseur à couper au couteau. Krassin était là, en bras de chemise; il dînait avec Mme Avram et les deux gosses. Ils avaient maintenant l'électricité, et aussi une petite radio. Mais on n'arrête pas les gens sous prétexte qu'ils ont acheté une petite radio. Le poste était silencieux comme une tombe mais Nelson s'aperçut, en l'effleurant discrètement du dos de la main, que le cadran était encore chaud.

« Je ne vous dérange pas, j'espère ? dit-il gaiement.

– N-non, asseyez-vous, dit Mme Avram avec nervosité. Je vous présente M. Krassin, un ami de la famille. Je ne connais pas votre nom...

– Nelson. »

Krassin l'observait avec attention.

« Navré de vous importuner, dit le policier. Je voulais simplement vous poser une ou deux questions au sujet de votre mari. Vers quelle heure a-t-il eu cet accident ?

– Vous le savez mieux que moi, répondit-elle. C'est vous-même qui m'avez annoncé la nouvelle.

– Je ne parle pas d'Avram mais d'Edwards, à Detroit... Le riveur qui est tombé d'un échafaudage. »

Elle pâlit un peu, comme si ce souvenir lui était pénible. Le visage de Krassin ne changea pas de couleur mais exprima une immense surprise.

« Vers quelle heure ? répéta Nelson.

– Midi, répondit-elle d'une voix presque inaudible.

– L'heure du déjeuner, murmura le policier comme pour lui-même. La plupart des ouvriers emportent leur déjeuner dans un sac en partant de chez eux... » Il la regarda d'un air pensif. Puis il changea de sujet. « Ce café sent bien bon », dit-il.

Elle lui adressa un sourire bizarre, contraint.

« Prenez-en donc une tasse, monsieur le policier », proposa-t-elle.

Nelson la vit échanger un bref coup d'œil avec Krassin.

« Merci, volontiers », dit-il d'une voix traînante.

Elle se leva et se dirigea vers le fourneau. Soudain, sans raison apparente, elle s'emporta contre les deux gosses :

« Qu'est-ce que vous avez à traîner ici ? Au lit tout de suite, vous m'entendez ? »

Elle claqua la porte sur eux et s'attarda un instant devant le panneau, le dos tourné. Les oreilles fines de Nelson perçurent le bruit étouffé mais aisément identifiable d'une clef.

Elle se retourna, dit à Krassin :

« Nick, va donc jeter un coup d'œil sur la chaudière, tu veux, pendant que je sers son café à M. Nelson. Si la chaleur diminue, les locataires vont se plaindre. Secoue bien les cendres, surtout ! »

En regardant l'homme se lever et se glisser

dehors, Nelson sentit les poils de sa nuque se hérisser un peu. Mais c'était lui qui l'avait voulue, cette tasse de café.

Debout près du fourneau, Mme Avram lui tournait le dos; il ne voyait pas ce qu'elle faisait. Il entendit cependant couler le liquide, il vit le mouvement des coudes, il entendit le bruit métallique de la cafetière lorsqu'elle la reposa. Après avoir fini de verser, elle resta encore un moment le dos tourné – moins d'une minute, à peine trente secondes. L'un des coudes bougea légèrement. Nelson observait, les yeux plissés. C'était trente secondes de trop, un geste de trop.

Elle revint vers la table et posa la tasse devant lui.

« Je vous laisse sucrer vous-même, dit-elle avec entrain. Certains en prennent beaucoup, d'autres non. »

Au milieu du liquide noir et fumant, un cercle de mousse achevait de se dissoudre.

Dehors, quelque part, il entendit Krassin qui secouait la chaudière.

« Buvez tant que c'est chaud », lui recommanda-t-elle.

Il porta lentement la tasse à ses lèvres. Et tandis qu'il levait la main, elle abaissa les paupières. Mais pas complètement, pas au point de ne plus y voir.

Il souffla sur la fumée.

« Trop chaud, dit-il, je me brûle la langue. Je vais laisser refroidir un peu... Et vous, vous n'en prenez pas ? Je ne voudrais pas boire seul. C'est pas poli. »

Elle rouvrit les yeux.

« J'en ai déjà pris, dit-elle d'une voix sourde. Je ne crois pas qu'il en reste.

– Alors je vais partager avec vous. »

Ses protestations furent presque exagérées. Elle faillit bondir en arrière.

« Non, non ! Attendez, je vais regarder. Oui, il y en a encore plein ! »

Il aurait pu profiter de ce qu'elle avait de nouveau le dos tourné pour renverser le café par terre, d'un geste malencontreux. Au lieu de ça, il sortit de sa poche une allumette, cassa le bout soufré avec l'ongle de son pouce et le lança sur le fourneau encore chaud, devant lequel elle se tenait. Le bout de bois tomba à côté d'elle, sans bruit ; elle ne le remarqua pas. S'il avait jeté l'allumette entière, elle l'aurait entendue tomber.

Elle revint s'asseoir en face de lui. On entendait dans le couloir les pas traînants de Krassin qui revenait vers la loge.

« Allez-y, l'encouragea-t-elle. Buvez, ne soyez pas gêné. »

Son sourire avait quelque chose d'affreux, comme le rictus grimaçant d'une tête de mort.

Sur le fourneau, la chaleur aidant, le bout d'allumette s'enflamma brusquement, avec un petit grésillement et un éclair fulgurant. La femme tressaillit et se tourna nerveusement pour voir ce que c'était. Lorsqu'elle tourna de nouveau la tête, Nelson portait la tasse à ses lèvres. Elle leva la sienne à son tour, tout en l'observant. Les pas de Krassin s'étaient arrêtés juste devant la porte. On ne l'entendait plus. Comme s'il attendait sur le seuil, aux aguets.

Dans la cuisine, le jeu du chat et de la souris se poursuivait. La gorge sèche, contractée, Nelson avala une première gorgée. En face de lui, les yeux mi-clos l'observaient par-dessus la tasse, brillants d'avidité et de délectation. Soudain, la tête et les épaules de la femme s'abattirent violemment sur la table. La tasse se brisa sous le choc, avec un bruit sec.

Nelson renversa sa chaise et bondit sur ses pieds, les sens en alerte. La porte s'ouvrit à la volée et Krassin entra, une hache dans une main et un sac de toile dans l'autre.

« Je ne suis pas encore prêt pour l'incinération ! » lança le policier en se jetant sur lui.

Krassin lâcha le sac inutile et brandit la hache. Nelson plia les genoux, attrapa le manche d'une main, entre la lame et les doigts de Krassin, et maintint en l'air l'arme oscillante. Puis, de son autre poing, il martela les dents de son assaillant à la manière d'un foret hydraulique. Il reporta ensuite son tir de barrage au niveau du plexus solaire et assena deux solides uppercuts, qui réduisirent son adversaire à merci et mirent fin au combat.

Au fin fond du quartier de Corona, une heure plus tard, dans un sous-sol, Alexander Hill – ou ce qu'il en restait – gémissait :

« Et vous me laisserez dormir si j'avoue ? Vous en terminerez vraiment vite, vous me condamnerez et vous arrêterez de me tourmenter ?

– Ouais, ouais ! dit le capitaine, hagard, en le piquant avec la plume d'un stylo. Pourquoi tu t'es pas décidé plus tôt, au lieu de nous compliquer la tâche comme ça ?

– Jamais vu un mec pareil, grommela Sarecky, qui se rinçait la bouche dans un coin.

– Que signe cet homme ? explosa la voix de Nelson dans l'escalier.

– A ton avis ? gronda le capitaine. Dis donc, où t'étais passé, toi ?

– Je me faisais empoisonner par les assassins d'Avram ! »

Il descendit les dernières marches et Krassin apparut derrière lui, au bout d'une courte chaîne d'acier.

« Qui est ce type ? » interrogèrent les deux policiers.

Nelson regarda le premier prisonnier, assis sur sa chaise.

« Faites-le sortir quelques minutes, dit-il. Il n'a pas besoin de connaître nos petites affaires.

– Comme dans les romans policiers, marmonna Sarecky d'un ton envieux. Superman Nelson débarque à la dernière minute et ramasse tous les lauriers. »

Un flic emmena Hill en haut. Un autre flic, à la demande de Nelson, apporta un petit paquet enveloppé de papier brun. Celui-ci renfermait une petite boîte en fer-blanc ayant contenu du chocolat en poudre. Nelson la retourna et quelques cristaux blanchâtres se répandirent, remplissant l'air confiné de la pièce d'une légère odeur d'amandes amères.

« Voilà votre cyanure, dit-il. Il vient de la cuisine de Mme Avram, au-dessus du fourneau. Ses gosses, qui sont actuellement pris en charge par le commissariat en attendant que je retourne là-bas, vous diront que c'est de la poudre insecticide et qu'on leur avait bien recommandé de ne pas y toucher. Elle se l'est sans doute procuré à Detroit l'année dernière.

– C'est donc elle ? dit le capitaine. Mais comment s'y est-elle pris ? Le poison était dans un sandwich du snack, pas dans un plat fait maison.

Et tu nous as dit toi-même qu'elle était chez elle le soir du meurtre.

– Ouais, elle était chez elle, mais elle a quand même empoisonné son mari au snack. Je vais tout vous expliquer... »

Il libéra son poignet des menottes et attacha son prisonnier à un tuyau dans un coin. Puis il prit dans sa poche une serviette en papier, d'où il sortit l'emballage du sandwich, pieusement conservé.

« Ce papier a été plié deux fois, dit-il. Une fois dans un sens, une fois dans l'autre. Vous pouvez vous en rendre compte vous-même en examinant les plis. Ça veut dire quoi ? Que le sandwich a été déballé, trafiqué et remballé. Mais dans sa hâte Mme Avram a commis une faute : elle a remis le papier à l'envers.

« Comme je le disais à Sarecky, nos petites manies les plus insignifiantes peuvent nous perdre. Avram était avare. Le sandwich au saucisson est le moins cher du snack. Pendant six mois entiers, Avram n'en a jamais pris d'autre. Or, Krassin – ici présent – avait travaillé là-bas. Il savait à quelle heure on remplit les distributeurs pour la dernière fois de la journée. Et il savait qu'Avram arrivait toujours à ce moment-là. A ce propos, le vieux n'était pas fou : s'il allait au snack, ce n'était pas parce que la lumière était meilleure mais pour éviter d'être empoisonné chez lui. Il prenait tous ses repas à l'extérieur.

« Ceci posé, comment s'y sont-ils pris ? Krassin est allé acheter un sandwich au saucisson et l'a rapporté à Mme Avram. Elle a mis le poison dedans, l'a remis dans son emballage et, à onze heures et demie, Krassin l'a remporté dans sa poche. Les distributeurs de sandwichs venaient d'être remplis pour la dernière fois avant le lendemain matin. Il y a trois casiers réservés aux sandwichs au saucisson. Krassin les a vidés tous les trois, pour être bien sûr que la victime prendrait le sandwich mortel. Une fois que les cases sont vides, les couvercles en verre restent entrouverts; on peut les soulever et atteindre l'intérieur sans mettre de pièce. Il a glissé dedans son sandwich empoisonné, en restant à proximité pour que personne d'autre ne le prenne. Là-dessus, le vieux est arrivé. Il n'a pas reconnu Krassin; peut-être était-il myope, peut-être ne l'avait-il jamais vu. Je n'ai pas encore éclairci ce point. Le vieux était avare : il s'aperçoit qu'il peut avoir un sandwich pour rien – sans doute pense-t-il que le mécanisme est détraqué – et il s'en empare prestement. Le tour est joué.

« Le mobile, c'était l'argent planqué dans ses chaussures. Mme Avram, elle, avait encore un second mobile : cette femme était une meurtrière congénitale. Si Krassin l'avait épousée, il aurait subi un jour le même sort que ses prédécesseurs. Elle s'est débarrassée de son premier mari, Edwards, de la même façon. D'ailleurs, cette fois-là, elle a eu une veine incroyable. Edwards a mangé le sandwich empoisonné alors qu'il se trouvait sur un échafaudage; on a cru qu'il avait perdu l'équilibre et s'était tué dans sa chute. À ma demande, on a exhumé le corps pour pratiquer une autopsie. Ce télégramme me signale qu'on a relevé les traces d'un empoisonnement au cyanure, même après si longtemps.

« J'ai tendu un piège à Mme Avram, ce soir, en lui faisant comprendre que j'étais sur sa piste. Je l'ai poussée à m'offrir du café, puis j'ai échangé nos tasses. Elle est chez elle, morte. J'aurais préféré éviter ça, mais c'était elle ou moi. De toute façon, elle aurait échappé à la chaise électrique;

c'était une déséquilibrée, même si elle cachait bien son jeu. Elle aurait passé une année à l'asile, puis on l'aurait relâchée et elle aurait remis ça indéfiniment. Une fois que ces gens-là ont commencé, ils ne s'arrêtent plus; ça leur donne un sentiment de supériorité sur les autres humains.

« Mais Krassin, *lui*, n'est pas fou. Il a fait ça pour mille dollars tout rond – et il savait ce qu'il faisait, du début à la fin. A mon avis, il a bien mérité un dîner dans l'antichambre de la mort, aux frais de l'Etat.

– Un vrai héros, grogna tout bas Sarecky en enfilant sa veste. On se demande ce qu'on ferait sans lui.

– Qui ça est un zéro ? dit le capitaine, qui avait mal entendu. Toi et moi, sans aucun doute. Lui, il a décroché la timbale ! »

DANSE MACABRE

(Dead on Her Feet, 1935)

« AUTRE chose que je reproche à ces marathons de danse, déclara le chef à son auditoire passablement ennuyé, c'est qu'on laisse des mineurs s'inscrire et danser pendant des jours jusqu'à ce qu'ils échouent à l'hôpital avec le delirium tremens, alors que tout a été réglé d'avance et qu'ils n'ont pas une chance de décrocher le prix. Une certaine madame McGuire a appelé toutes les demi-heures, en gueulant à m'en faire péter les tympans; sa fille Toodles est pas rentrée depuis une semaine et elle exige qu'on arrête ce Pasternack. Donc, vous allez voir Joe Pasternack et vous lui dites que je lui donne jusqu'à demain matin pour fermer boutique et renvoyer ses concurrentes chez elles. Et vous lui dites de ma part que ses coupes en argent, grandes et petites, il peut se les...

Pour la première fois, ses auditeurs parurent intéressés, et même attentifs, comme s'ils attendaient de savoir ce que M. Pasternack pouvait faire de ses coupes, espérant du croustillant.

« ... remballer vite fait, conclut pudiquement le chef – au risque de décevoir. Il en aura plus besoin. C'était son dernier marathon dans la région.

Il y eut une pause durant laquelle personne ne broncha.

« Eh bien, qu'est-ce que vous avez tous à me regarder ? dit sévèrement le chef. Vous, Donnelly, vous êtes le plus près de la porte. Allez-y. »

Donnelly lui lança un regard peiné.

« Moi, chef ? C'est que... j'ai une piste toute chaude pour cette affaire de bordereaux qui vous turlupinait tant. Si j'attends trop, elle risque de se refroidir.

– Bon, alors vous, Stevens !

– C'est que... je dois aller tout de suite à Yonkers, protesta vertueusement Stevens. On a revu par là-bas Rosie Mitraillette et je voudrais avoir une petite conversation avec elle...

– Reste vous, Doyle, glapit le chef, impitoyable.

– Oh ! non, chef, me faites pas ce coup-là ! gémit Doyle plaintivement. Ma femme attend... » A voix très basse, il ajouta : « ... mon retour avec impatience.

– Félicitations », gronda le chef, qui n'avait pas entendu la fin. Il les foudroya du regard. « Ça va, j'ai pigé ! rugit-il. C'est un boulot indigne de vous, hein ? Pour vous, c'est de la gnognotte ! Il vous faut au moins un massacre de la Saint-Valentin, c'est ça ? Vous considérez que c'est une corvée d'agent de police, hein ? » Sa paume frappa le dessus du bureau avec un bruit de pétard. L'écarlate devint la couleur prédominante de son teint. « Je vous rétrograderai, tous ! Je vous enverrai surveiller les pickpockets dans le métro ! Je vous briserai ! Je... je... »

Le plus surprenant de l'affaire, c'est que l'écume n'apparut pas à sa bouche.

Peut-être savaient-ils que le chef aboyait mais ne mordait pas. En tout cas, les coupables ne manifestaient pas une bien grande appréhension. L'un d'eux s'éclaircit la gorge d'un air dégagé.

« A propos, chef, il paraît que le nouveau, Smith, a encore fauché des bananes chez Tony, au coin de la rue, et qu'il vous a traité de tous les noms quand vous lui avez dit de les payer. »

Le chef prit le temps de considérer ce point.

Les autres pigèrent tout de suite.

« A ce qu'on m'a dit, il a bien failli saccager une blanchisserie chinoise, sous prétexte que le Chinetoque voulait lui refiler les chemises d'un autre client. On entendait les hurlements à des kilomètres. »

Doyle mit la touche finale :

« Je l'ai entendu dire qu'il préférerait crever plutôt que de porter des chaussettes comme les vôtres. Il se demandait si vous aviez des dettes de jeu ou si c'était simplement une affaire de goût. »

Le chef était soudain devenu dangereusement calme. Un léger tambourinement, sous le bureau, indiquait ce qu'il faisait avec ses doigts.

« Ah! Il a dit ça? proféra-t-il d'une voix très lente et très menaçante.

A ce moment inopportun entre tous, la porte s'ouvrit à la volée, livrant passage au calomnié en personne. Il paraissait à la fois très fatigué et enthousiaste, si on peut imaginer la combinaison des deux. Ses yeux étaient bordés de rouge, son menton ombré de bleu, mais il avait une expression triomphante, l'expression d'un homme qui a bien fait son boulot et s'attend à un mot gentil.

« Voilà, chef, c'est terminé! s'écria-t-il. Je les ai eus tous les deux. Ils sont en ce moment même dans la salle d'interrogatoire... »

Un silence oppressant l'accueillit. L'atmosphère paraissait glaciale. Il cligna des yeux et regarda ses trois collègues d'un air interrogateur.

Mais le silence ne dura pas. Le chef s'éclaircit la gorge.

« *Hrrrrmph.* Ah ! oui ? dit-il avec une trompeuse douceur. Eh bien maintenant, Smitty, tant que votre moteur est chaud et que vous avez l'esprit clair, courez donc au marathon de danse de Joe Pasternack et arrêtez tout. Ça se passe dans l'ancienne caserne, à l'ouest... »

Le visage de Smitty devint l'image même du désespoir. Il lança un coup d'œil muet à la pendule murale. Celle-ci indiquait quatre heures – du matin, pas de l'après-midi. Le chef, qui n'était pas un homme naturellement cruel, jeta un coup d'œil sur ses propres chaussettes, comme pour affermir sa résolution. Ça parut marcher admirablement. « Des dettes de jeu » marmonna-t-il pour lui-même, sibyllin, en devenant plus rouge que jamais.

« M'enfin, chef, plaida le nouveau, j'ai même pas eu le temps de me raser depuis hier matin. »

A l'arrière-plan, les coups de coude discrets et les fous rires silencieux allaient bon train.

« On vous demande pas de participer mais de fermer la boutique, lui rappela le chef avec morosité. Vous commencez par acheter un ticket d'entrée, comme tout le monde, et vous observez de tous vos yeux pour vérifier qu'il ne se passe rien de contraire à la morale. Ensuite, vous ramassez une certaine Toodles McGuire. Ne la croyez pas si elle vous raconte qu'elle est majeure; sa mère dit qu'elle a seize ans et elle est bien placée pour le savoir. Donc, vous la harponnez et vous la renvoyez à la maison. Après quoi, vous posez les scellés partout et vous dites à Pasternack et à ses sbires que leur petit jeu est terminé. Et vous ne partez pas encore. Vous restez avec lui pour vérifier qu'il verse l'argent à qui de droit et qu'il plie bagages pour de bon. Si jamais il vous sort l'argument qu'il n'y a aucune loi interdisant les marathons, prévenez-moi. On peut trouver des lois contre n'importe quoi à condition de remonter assez loin dans les tablettes... »

Smitty déplaça son chapeau du nord-est vers le sud-ouest et se dirigea à contrecœur vers la porte.

« Les trucs tordus, c'est toujours pour ma pomme, l'entendit-on grommeler d'un ton rageur. Disperser un concours de danse, tu parles ! Je vais me faire bombarder de houpettes... »

Le chef tendit brusquement la main vers le lourd encrier en cuivre posé sur son bureau. Smitty n'attendit pas de savoir si c'était pour signer un rapport ou pour le lui lancer à la tête. Il sortit précipitamment.

« Misère, soupira le chef, quelle bande d'incapables ! J'aurais mieux fait d'écouter mon vieux et d'entrer chez les pompiers ! »

Le jeune M. Smith, marmonnant des gros mots pendant tout le trajet, se fit conduire à la caserne désaffectée où se déroulait le marathon.

« Soixante *cents* », dit le chauffeur de taxi.

Smitty sortit de sa poche un petit carnet de comptes sur lequel il inscrivit : *Taxi : 1,20 dollar.*

« Ça lui apprendra à me faire courir pour des prunes à quatre heures du matin ! » maugréa-t-il.

Après quoi il se sentit beaucoup mieux.

Il y avait un guichet devant l'entrée mais il était vide et obscur. Smitty poussa les portes. De l'autre côté était assis un portier, un gentleman de couleur qui lui donna en échange de cinquante-cinq *cents* un petit bout de carton rose qu'il lui reprit promptement pour le déchirer en deux.

« Vous, fit-il observer avec affabilité, vous êtes debout 'udement tôt ou alors d'ôlement ta'd !

– Je suis sac'ément debout », repartit Smitty en regardant autour de lui.

C'était peu avant le lever du jour et il restait une douzaine de personnes dans la caserne, prévue pour en contenir deux mille. Six d'entre elles dansaient, mais à les voir on ne l'aurait pas deviné. Cela durait depuis neuf jours. Il n'y avait plus personne pour les regarder. Les derniers spectateurs étaient rentrés chez eux depuis des heures, même les ivrognes et les couche-tard de Park Avenue. Dans un souci d'économie, on avait éteint les grandes lampes à arc d'un blanc neigeux suspendues aux chevrons, sauf celle du milieu. Pasternack n'était pas dans cette combine pour son bon plaisir. L'unique lampe allumée grésillait au plafond; ses rayons violets et blancs, visibles à l'œil nu, donnaient à la scène un aspect irréel, spectral. A l'autre bout du vaste hall, un phonographe équipé d'un haut-parleur massacrait un air de danse. Chaque fois que l'aiguille arrivait à la fin du disque, un bras fixé au-dessus du plateau la ramenait à son point de départ.

Six épouvantails, trois hommes et trois femmes, se déhanchaient grotesquement par couples au centre de la piste. Ils ne dansaient pas, ne marchaient pas; ils titubaient, en remuant juste ce qu'il fallait pour ne pas rester immobiles. Chacun des hommes portait un dossard avec un numéro. Les numéros étaient le 3, le 8 et le 14. C'étaient les « heureux » couples qui avaient dominé tous les autres, la foule de ceux qui avaient pris le départ en même temps qu'eux, une semaine et deux jours auparavant. Les trois hommes n'avaient plus ni veste ni cravate. Deux d'entre eux avaient troqué leurs chaussures contre des pantoufles pour soulager leurs pieds douloureux. Le troisième avait des espadrilles en toile.

L'une des filles avait un mouchoir humide plaqué sur le front. Une autre avait adopté la tenue d'entraînement des danseuses de music-hall : short et corsage. La troisième était toute fluette, rien qu'une enfant, la tête abandonnée contre l'épaule de son partenaire, les yeux vitreux d'épuisement.

Smitty l'observa un moment. Son corps ne présentait pas une seule courbe. S'il y avait ici une mineure, c'était elle. Elle, Toodles McGuire, qui se tuait pour une coupe en métal argenté, pour une ligne dans les journaux, pour un contrat de danseuse dans un bastringue minable et pour un millier de dollars que de toute manière elle ne toucherait jamais – à en croire le chef. Et il devait avoir raison, se dit Smitty. Pasternack empocherait probablement les bénéfices et disparaîtrait, laissant en plan ces gogos assoiffés de réussite. Des paumés comme ceux-là n'arriveraient même pas à réunir assez d'argent pour intenter un procès. C'était le moment ou jamais d'arrêter cet ignoble racket.

Smitty s'approcha nonchalamment des tribunes, où quatre des six autres personnes présentes étaient installées dans diverses positions. Il les passa en revue. L'une était une vieille matrone qui servait d'« infirmière » aux concurrentes durant les brèves pauses de cinq minutes, toutes les demi-heures. Elle était sortie de sa retraite, une serviette d'une propreté douteuse sur le bras, et faisait des mots croisés en marmonnant toute seule. Elle était grimpée à mi-hauteur des gradins afin de s'adonner à son occupation en toute tranquillité.

Deux ou trois rangs au-dessous était vautré un serveur de snack, d'aspect adipeux, veillant sur un plateau garni d'un seau de café fumant et d'une pile de gobelets en carton. A l'évidence, la prochaine pause approchait et il s'apprêtait à en profiter.

La troisième spectatrice était une fille en costume de danse, le visage crispé de douleur. D'après son apparence hirsute et sa façon de regarder les autres danseurs, les yeux pleins de mépris et d'amertume, elle venait de se faire disqualifier. Penchée sur son pied droit déchaussé, elle massait avec de l'alcool sa cheville enflée, jurant à voix basse.

Le quatrième et dernier observateur (le cinquième étant le nègre à la porte) était trop absorbé dans ses calculs pour lever les yeux quand Smitty se planta devant lui. En bras de chemise, il portait des brassards élastiques bleus et une visière verte en celluloïd. Un long cigare tout mouillé émergeait de sa bouche. Une montre, un porte-voix, un sifflet et un pistolet chargé à blanc étaient posés près de lui sur le banc. Il était occupé à consigner dans un petit carnet les recettes de la journée, qu'il additionnait au fur et à mesure.

« Otez-vous de mon soleil, maugréa-t-il quand l'ombre de Smitty fut sur lui.

— C'est vous, Pasternack ? s'enquit Smitty sans bouger d'un poil.

— Nan, il pique un somme dans son bureau.

— Amenez-le-moi, j'ai des nouvelles pour lui.

— Ça l'intéresse pas », rétorqua l'aimable individu.

Smitty retourna son revers, le laissa revenir en place.

« Oh ! la rousse », commenta le comptable.

Deux billets de dix dollars quittèrent la recette de la journée et se retrouvèrent aussi sec dans la main droite de Smitty.

« Payez-vous une goutte de schnaps, dit l'autre sans même lever les yeux. Et repassez me voir demain, quand la caisse sera plus rem... »

Smitty attrapa le brassard le plus proche, tira dessus à lui faire faire le tour d'un piano, puis le lâcha. Le manager éructa une protestation. La main de Smitty renfermant les deux billets de dix dollars s'abattit à plat sur sa figure, s'y arrima par le menton et par la racine du nez et exécuta un mouvement rotatoire, introduisant de force les billets dans la bouche.

« Erreur sur la personne, dit-il en suivant le comptable dans le sanctuaire où reposait Pasternack, la bouche en attrape-mouches.

– Joe, la rousse », dit le sbire en recrachant des morceaux de billets de dix dollars.

Comme actionné par un ressort, Pasternack se dressa à la verticale.

« Où est votre mandat ? dit-il avant même d'avoir ouvert les yeux. Moe, le bigophone, vite !

– Vous, dit Smitty à Moe, vous allez à côté siffler la fin des festivités, sinon je me charge moi-même de vider toute la baraque dans la rue ! »

Il se retourna brusquement, trébucha sur quelque chose d'invisible et manqua s'étaler au milieu de la pièce. Le téléphone s'envola des mains de Moe et, à l'autre extrémité du fil, la sonnerie se détacha de la plinthe.

« *Tss-tss,* veuillez m'excuser, dit Smitty avec

hypocrisie. Juste au moment où vous en aviez besoin ! »

Il se retourna vers le nommé Moe et l'envoya dans l'auditorium d'une vigoureuse poussée sur la nuque.

« Faites ce que je vous ai dit, ordonna-t-il. Nous, on attend le réparateur du téléphone. Et quand tous ces bons à rien se seront rafraîchis, envoyez-les moi. Ça vaut aussi pour le cannibale et pour la bonne femme des toilettes. » Il s'approcha du bureau. « Sortez votre petite caisse noire, Pasternack. Combien vous avez pour payer ces gens ? »

L'argent n'était pas dans une caisse noire mais dans une valise.

« Fermez la porte, dit Pasternack d'une voix insinuante. Il y a plein de sous là-dedans, et il y en aura encore plus. Combien vous voulez ? Dites votre chiffre. »

Smitty eut un soupir las.

« Faudra-t-il que je vous fasse avaler vos dents de devant pour vous convaincre que je suis de ces types démodés qui aiment gagner leur argent ? »

Dehors, il y eut une détonation étouffée et les couacs du phonographe cessèrent. On entendait Moe faire une annonce dans le porte-voix.

« Vous ne vous en tirerez pas comme ça ! tempêta Pasternack. Où est votre mandat ?

— Où est votre licence, si vous le prenez sur ce ton ? rétorqua Smitty. Allons, ne perdons pas davantage de temps, mon lit m'attend ! Préparez la galette pour le règlement. » Il alla sur le seuil et cria dans l'auditorium : « Ici, tout le monde ! Prenez vos affaires et alignez-vous. »

Deux des trois couples se séparèrent lentement, tels des somnambules, et vinrent vers lui d'un pas mal assuré. Ils marchaient en zigzag, comme si leur métabolisme était fichu.

Les deux derniers danseurs – le couple numéro 14 – étaient toujours cramponnés l'un à l'autre sur la piste, l'homme face à Smitty. Ils ne semblaient pas réaliser que c'était terminé. On aurait dit qu'ils se soutenaient mutuellement. Ils formaient une sorte de tente humaine, leurs pieds à environ trois pas de distance, leur visage et leurs épaules étroitement pressés l'un contre l'autre. La fille était la grande perche qu'il avait déjà identifiée comme étant Toodles McGuire. Alors comme ça, elle s'entêtait, hein? Belliqueux, il s'approcha du couple.

« Vous m'avez entendu? Séparez-vous! »

L'homme lui lança un regard effrayé par-dessus l'épaule.

« Dites, vous voudriez bien me la prendre? Elle est dans les pommes, et si je la lâche elle va se cogner le crâne par terre. » Il exhala une bouffée d'air. « Je ne peux pas la tenir plus longtemps! »

Smitty la prit par la taille. Elle ne pesait guère plus qu'un vieux pardessus. Le pauvre diable qui l'avait tenue dans ses bras pendant neuf jours et neuf nuits d'affilée la lâcha et s'affaissa en position accroupie, tel un Bouddha ratatiné.

« Laissez-moi rester comme ça, gémit-il, ça fait du bien. »

Pendant ce temps, la fille avait commencé à basculer lentement par-dessus le bras de Smitty, à la façon d'un canif qui se referme. Mais il y avait dans ce mouvement une flexibilité, une lenteur presque effroyables. Elle se replia par saccades, jusqu'à ce que sa tête renversée eût rencontré ses genoux. Comme une poupée mécanique dont le ressort s'est cassé.

Se tournant vers la sorcière des toilettes, Smitty aboya :

« Hé, vous ! Venez me donner un coup de main ! Voyez pas que cette fille a besoin de soins ? Emmenez-la et voyez ce que vous pouvez faire pour elle... »

La vieille rombière s'approcha craintivement mais quand Smitty voulut lui remettre la forme inanimée, elle se recula précipitamment.

« Je... j'ai pas la force d'la porter, marmonna-t-elle, l'air obstiné. Vous qui êtes fort, emmenez-la donc là-bas...

– Jamais de la vie ! l'interrompit-il avec raideur. Ce n'est pas un endroit pour moi ! A quoi vous servez si vous ne pouvez même pas... »

La fille qui était restée assise à l'écart se leva brusquement et s'approcha en boitant sur son pied déchaussé.

« Donnez-la-moi, dit-elle, je vais la porter. » Elle lança à la vieille femme un long regard dur qui la fit se tasser et baisser les yeux. « Prends-la par les pieds », ordonna-t-elle à voix basse.

La sorcière s'exécuta vivement. Elles s'éloignèrent avec le corps et disparurent derrière l'estrade en direction des lavabos. Leur fardeau s'affaissa au point de toucher le plancher. Smitty crut entendre la fille murmurer :

« Tiens-la bien, elle te mordra pas ! »

La porte des lavabos claqua derrière l'étrange petite procession. Smitty se retourna vers le numéro 14 et le hissa sur ses pieds.

« Oust ! Là-bas, avec les autres ! »

Ils étaient tous alignés contre le mur dans le « bureau » de Pasternack, tellement épuisés qu'ils se seraient effondrés comme un château de cartes si on avait brusquement retiré le mur. Accroupis dans le coin opposé, Pasternack et son compère jacassaient comme des pipelettes.

« Vous voulez qu'on vous laisse seuls, tous les deux? » s'enquit Smitty en plaçant le numéro 14 avec les autres épaves.

De toute évidence, Pasternack croyait au vieil adage : « Prudence est mère de sûreté. » Il semblait considérer que le jeu n'en valait plus la chandelle. Il ouvrit la valise qu'il avait gardée sous le bras, la posa sur le bureau et se prépara à soulager sa conscience.

« Mes amis! commença-t-il avec cordialité. Sur le conseil de ce gentleman ici présent (grand sourire jaune à Smitty), mon associé et moi-même arrêtons la compétition. Quoique nous n'ayons aucune obligation légale envers vous (pause pour s'éclaircir la gorge et redresser son nœud de cravate), nous avons décidé, afin d'éviter toute contestation, de bien faire les choses et de partager le montant du prix entre les concurrents restants. Déduction faite de la location de la caserne, de la note d'électricité et des frais d'impression des tickets et des programmes, cela nous laisse...

– Jamais de la vie! dit Smitty. Ces frais sont déduits de vos bénéfices des neuf premiers jours. Le reste est partagé sans aucune déduction. Avec votre méthode, ce sont eux qui vous devraient de l'argent! » Il se tourna vers le portier.

« On t'a payé, beau bronzé?

– Non, missié! On me doit cinq dolla's pa'nuit...

– Quarante-cinq pour toi », dit Smitty.

Soudain, Pasternack vit rouge. Il s'avança vers son associé, l'air menaçant.

« Ça m'apprendra à t'écouter, abruti! Alors comme ça, New York était une ville de pigeons, hein ? Et y avait des coups faciles à faire, hein ? Ben voyons !

– Allons, les enfants... les réprimanda Smitty en les séparant à coups de coude.

– Jetez-leur un morceau de gruyère, à ces rats ! » lança la fille en short.

Il y eut une bousculade à la porte. En se retournant, Smitty vit la fille boiteuse et la matrone des toilettes qui essayaient chacune de passer la première.

« Me laisse pas là-dedans !

– Moi, je reste pas seule avec elle. C'est pas mon boulot ! Je démissionne ! »

La boiteuse arriva en tête.

« Monsieur, vous feriez mieux d'aller voir, dit-elle à Smitty, haletante. On n'arrive pas à la ranimer. Je crois qu'elle est morte.

– Elle est glacée et toute raide, renchérit la vieille femme.

– Seigneur, je l'ai tuée ! » gémit quelqu'un.

Le numéro 14 s'affaissa et tomba dans les pommes. Ses deux voisins l'attrapèrent par les bras et le laissèrent glisser par terre, trop faibles eux-mêmes pour le soutenir.

« Arrêtez tout ! » aboya Smitty. Il agrippa par l'épaule le portier aux yeux écarquillés. « File dans la rue chercher un flic. Dis-lui d'appeler une ambulance et de venir me faire son rapport. Si tu essaies de te tailler, tu perds tes quarante-cinq dollars et tu es bon pour la chaise électrique.

– J'suis pou'ainsi di'déjà 'ev'nu, sanglota le nègre terrifié en détalant.

– Vous autres, restez où vous êtes. Je vous tiens pour responsable si quelqu'un décampe, Pasternack.

– Comme si on pouvait avancer d'un pouce

avec ces deux harpies ! » marmonna la fille en short.

Smitty poussa devant lui la fille au pied déchaussé.

« Venez me montrer », grogna-t-il.

Il se sentait moralement lâche en cet instant : il allait entrer dans un lieu où il n'avait encore jamais mis les pieds.

« Droit devant vous, dit-elle d'un air renfrogné en s'arrêtant devant la porte. Il vous faut une carte routière ?

— Allez-y, dit-il. Je n'entre pas seul. »

Il franchit derrière elle le seuil interdit.

Elle était étendue sur le plancher, là où elles l'avaient laissée, une bouteille d'alcool débouchée près d'elle. Le visage en feu, il s'accroupit et l'examina. Pas de doute, elle était morte. Le corps était froid et la rigidité cadavérique commençait à gagner.

« Probable que le cœur a lâché, gronda-t-il. On devrait coffrer ce Pasternack; il est moralement responsable. »

Le flic, moins bien élevé que Smitty, passa la tête dans l'entrebâillement de la porte, sans complexe.

« Restez devant l'entrée, lui ordonna Smitty. Que personne ne sorte. » Puis, s'adressant à sa compagne : « C'était la petite McGuire, hein ?

— Peux pas vous renseigner, répondit-elle d'un ton maussade. Pasternack l'a appelée Rose Lamont pendant tout le concours. Pourquoi vous demandez pas au gars qui dansait avec elle ? Peut-être qu'au bout de neuf jours ils en sont arrivés à mélanger les noms. Personnellement, dit-elle en se dirigeant vers la porte, je ne sais pas qui c'était et je m'en fiche éperdument!

– Vous ferez une chouette mère plus tard, commenta Smitty en la suivant. C'est ici, dit-il à l'interne qui venait d'arriver. Mais elle est bonne pour la morgue, plus pour les premiers secours. Voyez vous-même. »

Le numéro 14 était dans tous ses états quand Smitty rejoignit les autres dans le bureau.

« Je ne voulais pas ça, je ne voulais pas ça! ne cessait-il de gémir.

– La ferme, idiot, tu aggraves ton cas! chuchota quelqu'un.

– Passez-moi une liste des concurrents », dit Smitty à Pasternack.

L'imprésario pêcha un registre dans le tiroir du bureau et le lui tendit.

« Tout ce que j'ai gagné dans cette histoire, c'est des coups de pied au derrière! Pourquoi je suis pas resté en province, où on peut danser un peu sans en crever? Pourquoi, je vous le demande?

– Equipe quatorze, lut Smitty. Rose Lamont et Gene Monahan. C'est votre vrai nom, l'ami? Prouvez-le. »

Le numéro 14 ôta la veste qu'on lui avait jetée sur les épaules et retourna la poche intérieure. Le nom était inscrit à l'encre sur l'étiquette. L'adresse collait aussi.

« Et elle, comment s'appelait-elle?

– Son vrai nom était McGuire, admit Monahan. Toodles McGuire. De toute façon, elle en aurait changé bientôt si on avait gagné les mille dollars... – Il baissa la tête. – ... alors c'était sans importance.

– Pourquoi avez-vous dit que c'était votre faute ?

– Parce que j'ai bien senti, en la tenant dans mes bras, que quelque chose n'allait pas. Je savais qu'elle aurait dû arrêter, mais je ne voulais pas abandonner. Je la suppliais de tenir le coup encore un peu, même quand elle ne me répondait pas. La pensée de ces mille dollars m'a fait perdre la tête, j'imagine. On en avait besoin pour se marier. J'espérais que les autres abandonneraient d'un moment à l'autre; il ne restait plus que deux couples et personne ne nous regardait plus. A chaque pause, je la portais dans mes bras jusqu'aux toilettes, pour que personne ne remarque qu'elle n'y arrivait pas toute seule, et je la laissais entre les mains de la vieille femme. Elle non plus ne pouvait rien pour elle, mais je l'ai suppliée de ne rien dire. A chaque fois que le sifflet annonçait la reprise, je venais la rechercher et je la ramenais sur la piste...

– Eh bien, vous l'avez fait danser jusque dans sa tombe, dit Smitty avec âpreté. A votre place, j'irais coller mes pieds sous le premier tramway et j'attendrais qu'il passe. Ça ferait peut-être de vous un homme ! »

Il sortit et trouva l'interne sur le point de partir.

« Alors ? Le cœur ? »

L'interne lui lança un regard étrange, en le toisant des pieds à la tête.

« Si on veut, oui. Aucun cœur ne peut battre avec un portemine en métal de vingt centimètres enfoncé dedans. »

Il déplia un mouchoir, révélant un fin cylindre cuivré, pointu comme une aiguille à une extrémité, celle où était ajusté le capuchon pour protéger la mine. Il était en aluminium; c'était le sang séché qui lui donnait cet aspect cuivré. Smitty faillit le lâcher dans sa consternation – non parce qu'il était taché de sang mais parce qu'il avait échappé à son attention.

« Autre chose, reprit l'interne. Vous êtes nouveau dans le métier, hein ? Alors, un conseil d'ami. La prochaine fois, n'appelez pas une ambulance aussi longtemps après la mort, notre temps est trop pré...

– Comment ça ? l'interrompit Smitty avec impatience. Elle avait besoin d'aide. Vous vouliez que j'appelle le cimetière pour indigents, qu'on l'enterre avant qu'elle ait cessé de respirer ? »

Cette fois, il eut droit à un regard foudroyant.

« Elle n'avait plus besoin d'aide depuis longtemps. »

L'interne jeta un coup d'œil à sa montre. « Il est cinq heures. Elle est morte depuis trois heures du matin, facile. Je ne peux pas être plus précis, mais votre ami le médecin légiste vous dira si j'ai raison. J'ai trop vu de macchabées dans ma carrière. Cette fille est morte depuis au moins deux heures. »

Smitty fit un pas en arrière, comme si l'autre lui faisait peur.

« Je suis arrivé à quatre heures et demie, bredouilla-t-il, et elle dansait sur la piste... là... Je l'ai vue de mes yeux... il y a un quart d'heure, vingt minutes ! »

Il était légèrement verdâtre.

« Peu m'importe que vous l'ayez vue danser ou faire des doubles sauts périlleux sur l'oreille gauche, elle était morte ! rugit l'interne. Elle célébrait sa propre veillée mortuaire, si vous insistez ! » Il regarda le visage horrifié de Smitty, se calma, cracha un jet de salive par le coin de la bouche et enchaîna : « Son partenaire dansait avec un cadavre, voilà tout ! Joyeux rêves, petit ! »

Smitty commençait à s'échauffer.

« Effectivement, dit-il en grinçant des dents. Et je connais le partenaire en question. Jusqu'à tout à l'heure, il portait le numéro quatorze; à partir de maintenant, c'est le treize ! »

Il retourna examiner la morte, suivi de l'interne dont le temps était si précieux.

« Par-derrière, hein ? Voilà pourquoi ça m'a échappé. Elle était allongée sur le dos quand je l'ai vue la première fois.

– Moi-même j'ai failli passer à côté, lui dit l'interne. J'ai d'abord cru que c'était un furoncle. Vous voyez ce petit tampon de gaze ? On l'a imbibé d'alcool et plaqué sur la blessure. Il n'y a pas eu d'hémorragie externe, et le crayon ne dépassait pas : il était complètement enfoncé. J'ai dû l'extraire au forceps. Regardez, l'agrafe servant à accrocher le portemine à la poche est cassée; sinon, elle l'aurait bloqué à mi-chemin...

– Je ne pige pas, dit Smitty. S'il était complètement rentré, il n'offrait plus de prise pour la main qui l'a enfoncé ?

– Il a dû pénétrer de trois ou quatre centimètres seulement, suggéra l'interne, et c'est la fille elle-même qui s'est empalée dessus en heurtant le plancher ou le mur. » Il se leva. « Et voilà, tout le plaisir est pour vous. »

Sur un salut négligent, il s'en fut.

« Envoyez-moi la vieille chouette qui s'occupait des toilettes », dit Smitty au flic.

La vieille femme entra en agitant convulsivement les mains comme si elle avait des démangeaisons.

« Votre nom ?

– Joséphine Falvey. Madame Joséphine Falvey. »

Elle ne pouvait détacher son regard du cadavre qui gisait sur le plancher.

« Passé quarante ans, ça n'a plus d'importance, lui assura sèchement Smitty. Pourquoi vous avez pansé cette blessure ? Vous savez que ça fait de vous une complice du crime ?

– J'ai jamais... » commença-t-elle, livide.

Il lui mit brusquement sous le nez le minuscule tampon de gaze, rougeâtre sur une des faces. Avec un croassement, elle sauta en arrière. Il la poursuivit.

« Vous n'avez pas collé ça dessus ? Allons, répondez !

– Si, c'est moi ! chevrota-t-elle. C'est moi, c'est moi... mais je croyais bien faire. Honnêtement, monsieur, je...

– Quand l'avez-vous mis ?

– La dernière fois, quand vous m'avez dit de l'amener ici. Avant, quand le gars me la déposait à la porte, je lui frottais la figure avec de l'alcool, mais ça lui faisait apparemment rien. D'accord, j'aurais dû le signaler à Pasternack, mais l'autre m'a suppliée de pas le faire. Il m'a suppliée de leur laisser une chance, de pas les faire disqualifier. Il a dit que c'était pas grave si elle était toute molle comme ça, qu'elle était juste étourdie. D'ailleurs, y avait pas tellement de différence entre elle et les autres : ils avaient tous l'air aussi hébétés. Mais quand je l'ai portée jusqu'ici, tout à l'heure, j'ai senti dans son dos quelque chose de dur et de rond, comme un bourgeon; alors j'ai appliqué une petite gaze dessus. Et puis comme le concours était terminé, j'ai décidé de vous prévenir...

– Ouais ! maugréa-t-il. Et si j'étais pas arrivé,

elle aurait continué à danser jusqu'à ce que la salle ait besoin de désinfectant ! Quand avez-vous remarqué pour la première fois que quelque chose n'allait pas ?

– Vers deux heures et demie, trois heures. Toutes les filles étaient ici – il y avait encore beaucoup de concurrentes – quand on a frappé à la porte. J'ai ouvert et c'était lui, avec sa partenaire dans les bras. Il me l'a passée en chuchotant : « Occupez-vous d'elle, vous voulez bien ? » C'est à ce moment-là qu'il m'a suppliée d'en parler à personne. Il m'a dit... »

Elle s'interrompit.

« Continuez ! glapit Smitty.

– Il m'a dit que si c'étaient eux qui gagnaient, il me donnerait un pourcentage des mille dollars. Il a attendu dehors que les filles soient sorties, après le coup de sifflet, puis il l'a reprise dans ses bras et il est reparti. Comme toutes les filles avaient eu besoin de soins à un moment ou à un autre, personne ne s'est étonné. Ensuite, ça a été la même chose à chaque pause – jusqu'à votre arrivée. Mais j'ai pas pensé un instant qu'elle était morte. » Elle se signa. « Si j'avais su ça, vous m'auriez pas persuadée de la toucher – ni pour l'amour ni pour l'argent...

– J'ai des doutes, rétorqua Smitty. Pour l'argent, en tout cas. Dehors... et considérez-vous comme témoin matériel. »

Si la vieille sorcière disait vrai, le meurtre avait été commis sur la piste de danse et non ici. Smitty en était d'ailleurs tout à fait convaincu. Monahan n'aurait pas osé entrer ici de force; les hurlements des autres occupantes auraient fait crouler le toit. D'autre part, la piste était plus encombrée à ce moment-là, ce qui jouait en sa faveur. Ils s'étaient sans doute disputés quand elle avait voulu abandonner. Il l'avait alors frappée avec le portemine pendant qu'elle se cramponnait à lui. Soit elle était tombée et s'était empalée dessus – et Monahan l'avait relevée aussitôt –, soit la vieille Flavey avait elle-même enfoncé le crayon sans s'en rendre compte en faisant ses massages.

Smitty se renseigna pour savoir si on avait vu l'une des concurrentes tomber par terre à un moment quelconque de la soirée. Pasternack étant resté dans son bureau à partir de vingt-deux heures, pour lire des annonces publicitaires et faire un somme, il ne put tuyauter Smitty. Moe, par contre, se révéla l'homme de la situation.

« Si j'ai vu quelqu'un tomber? répéta-t-il d'une voix perçante. Et comment! Un pareil remue-ménage, on n'en voit pas tous les jours. C'était vers deux heures et demie. Juste au moment où on passait à la radio, en plus!

– Allez-y, ça devient bon. Son partenaire, qu'est-ce qu'il a fait? Il l'a remise debout?

– Debout? Elle voulait pas se relever, oui! On pouvait pas l'approcher! Elle était là à jurer et à hurler et à balancer des projectiles. J'ai bien cru qu'il faudrait appeler la police. Finalement, on a réussi à la traîner sur le derrière jusqu'aux gradins et on l'a disqualifiée...

– Minute, minute, l'interrompit Smitty. De qui vous parlez?

– De la petite Standish, pardi! répondit Moe, surpris. Vous savez bien, celle qui traîne la patte. C'est à ce moment-là qu'elle s'est foulé la cheville et a dû s'arrêter de danser. Elle voulait pas rentrer chez elle. Elle est restée là à répéter que c'était un coup monté, une escroquerie, qu'on l'emporterait pas au paradis...

– Erreur de numéro, soupira Smitty. Vous

pouvez disposer. » Puis il dit au flic : « Maintenant, les choses sérieuses. On va avoir une petite conversation avec Monahan... »

Il feuilletait son calepin d'un air très absorbé quand le flic poussa Monahan dans la pièce.

« Je suis à vous, dit-il d'un ton dégagé en tâtant ses poches, dès que j'aurai... Prêtez-moi votre crayon un instant, voulez-vous ?

— Je... j'en avais un mais je l'ai perdu, dit Monahan d'une voix creuse.

— Comment ça ? s'enquit calmement Smitty.

— Il a dû tomber de ma poche. L'agrafe était cassée.

— Celui-là ? »

Monahan écarquilla les yeux devant le portemine qui pivotait de gauche à droite et de droite à gauche, tout contre ses cils.

« Ouais, mais qu'est-ce qu'il a, qu'est-ce qu'il y a dessus ?

— Tu me le demandes ? gronda Smitty. Allez, montre-moi comment tu t'y es pris ! »

Monahan recula contre le mur, apeuré. Il regarda le corps sur le plancher, puis le crayon, puis de nouveau le corps.

« Oh ! non, gémit-il, non. C'est comme ça qu'elle est morte ? Je ne savais même pas...

— Les innocents dans ton genre me rebroussent le poil », dit Smitty.

Il l'empoigna, le traîna au milieu de la pièce et l'envoya valdinguer. Sa tête heurta la porte et le flic entrouvrit le battant, l'air inquisiteur.

« Non, dit Smitty, je n'ai pas frappé, c'était juste son crâne. » Il vaporisa un peu d'alcool sur le visage hébété de Monahan. « Tes premiers mots, ç'a été pour dire « Je l'ai tuée ». Ensuite, t'es tombé dans les pommes. Et après, t'as pas cessé de répéter « C'est ma faute, c'est ma faute ». Pourquoi te rétracter maintenant ?

– Mais ce n'est pas ce que je voulais dire, pleurnicha Monahan. Je croyais l'avoir tuée à force de danser. Elle allait très bien quand je l'ai amenée ici, vers deux heures. C'est quand je suis revenu la chercher, la vieille m'a chuchoté qu'elle n'arrivait pas à la réveiller. Elle m'a dit que le fait de danser la ranimerait peut-être. Elle m'a dit : « Vous voulez ces mille dollars, hein ? Alors, « tenez-la contre vous comme ça; les autres n'y « verront que du feu. » Je l'ai écoutée comme un idiot et j'ai joué la comédie à partir de là. »

Smitty l'envoya de nouveau valser.

« Alors, comme ça, le meurtre aurait été commis ici... avec *ton* portemine ! Arrête tes salades ! »

Le flic, qui n'était décidément pas une lumière, ouvrit de nouveau la porte. Monahan vint s'étaler à ses pieds.

« Mazette, il doit avoir la tête dure ! fit-il observer.

– Allez mettre en marche le phonographe, ordonna Smitty. Nous allons procéder à une petite reconstitution. Si ça ne lui rafraîchit pas la mémoire de se cogner la tête contre la porte, peut-être qu'on y arrivera en le faisant danser avec elle. » Il prit Monahan par la peau du cou et le mit debout. « Le crayon était dans quelle poche ? »

L'homme eut un geste vers sa poitrine. Smitty le laissa tomber dans la poche, la pointe en premier. Le flic posa l'aiguille sur le disque et tourna le bouton. Une musique bruyante jaillit du haut-parleur.

« Prends-la dans tes bras », grinça Smitty.

Il obtint pour toute réponse un gémissement de

bête. L'homme tenta de reculer. Le flic le rejeta en avant.

« Alors, tu veux pas danser, hein ?

– Je ne veux pas danser », hoqueta Monahan.

Quand ils le soulevèrent de terre, il voulut bien danser.

« Tu l'as eue morte dans les bras pendant deux heures entières, lui rappela Smitty. Qu'est-ce que ça peut te faire, cinq minutes de plus ? »

L'épouvantail ambulant s'accroupit auprès de l'épouvantail inerte. Lentement, ses bras l'entourèrent. Les deux épouvantails se mirent debout, titubèrent, comme ivres, puis sortirent dans la grande salle au rythme de la musique. Le flic se mit à transpirer.

« Quand tu seras disposé à avouer, dit Smitty, tu pourras t'arrêter.

– Dieu vous pardonne ! dit une voix sépulcrale.

– Sors ton crayon sans la lâcher, dit Smitty. Comme tu l'as fait la première fois.

– C'est maintenant, la première fois, dit la même voix caverneuse. La dernière fois... il est tombé. »

Sa main droite s'écarta lentement du dos du cadavre, plongea dans sa poche.

Attirés par le son de la musique macabre, les autres étaient sortis du bureau de Pasternack. Ils se tenaient sur le seuil, tassés les uns contre les autres, l'horreur et l'incrédulité peintes sur leurs visages las. Un coin des gradins leur cachait à la fois Smitty et le flic; tout ce qu'ils voyaient, c'était ce couple monstrueux évoluant lentement au centre de la piste, seul sous la lumière blafarde de la lampe à arc. La main de Monahan s'éleva brusquement, avec un éclair, et s'abattit sur le dos de sa partenaire. Il y eut un hurlement inhumain et la fille à la cheville foulée s'effondra au milieu des spectateurs.

Smitty fit un signe au flic; la musique s'interrompit. Monahan et sa partenaire étaient de nouveau immobiles, dans la même position qu'à la fin du marathon : arc-boutés l'un contre l'autre, formant comme une tente, les pieds très éloignés, les têtes étroitement jointes. Il avait maintenant les yeux aussi vitreux qu'elle.

« Ça va, dit Smitty, ça suffit!

Monahan se cramponnait à elle avec une violence terrible et silencieuse, comme s'il ne pouvait plus la lâcher.

La jeune Standish se redressa, mais se couvrit aussitôt les yeux des deux mains. Elle tremblait de tous ses membres, comme si elle avait froid.

« Je veux voir cette fille, dit Smitty. Et vous, Moe. Et la vieille femme. »

Il referma la porte sur eux trois.

« Voyons encore ce registre des inscriptions. »

Moe le lui tendit nerveusement.

« Sylvia Standish, c'est bien ça? »

La fille hocha la tête, encore haletante de la frayeur qu'elle avait eue.

« Rose Lamont était Toodles McGuire... vous, quel est votre vrai nom? » Du pouce, il indiqua la vieille femme. « Qu'êtes-vous l'une pour l'autre? »

La fille détourna les yeux.

« C'est ma mère, si vous voulez tout savoir, dit-elle.

– Vous faites aussi bien de l'avouer, c'est facile à vérifier. Je me doutais bien qu'il y avait un lien de ce genre. Vous l'avez trop volontiers aidée à porter le cadavre ici, tout à l'heure. » Il se tourna vers Moe, tout petit dans son coin. « D'après ce que vous m'avez dit, elle a fait un foin de tous les diables quand on l'a disqualifiée, refusant de quitter la piste et de rentrer chez elle. Etait-ce simplement du dépit, ou avait-elle des griefs particuliers ?

– Elle prétendait que l'autre l'avait fait exprès, dit Moe. Moi, j'ai des doutes. Voilà ce qui s'est passé. L'autre fille – celle que le type a tuée – portait un collier de perles en verre. Le collier s'est cassé et les perles ont roulé un peu partout sur la piste. Celle-là a glissé dessus et s'est tordu la cheville en tombant, et alors elle s'est mise à brailler comme une possédée. » Il haussa les épaules. « Qu'est-ce qu'on était censés faire ? Arrêter la compétition sous prétexte qu'elle pouvait plus danser ?

– Elle l'a fait exprès, pour décrocher la récompense ! intervint rageusement la fille. Elle savait que j'avais les meilleures chances...

– C'est sans doute pendant que vous étiez par terre sur la piste que vous avez ramassé le crayon perdu par Monahan, dit Smitty d'une voix égale.

– Jamais de la vie ! Il est tombé dans les gradins quand il est venu s'ex... » Elle s'interrompit net. « J'ignore de quel crayon vous parlez.

– Vous en faites pas pour ce léger lapsus, lui dit Smitty. Vous étiez déjà fichue de toute façon, depuis l'instant où vous êtes tombée dans les pommes. Vous ne m'apprendrez rien que je ne sache déjà.

– N'importe qui aurait tourné de l'œil ! J'ai eu l'impression de voir son fantôme...

– Moi, le fait de voir Monahan mimer la scène m'a montré qu'il était innocent. Contrairement à ce que votre vieille a voulu me faire avaler, le crime n'a pas été commis sur la piste. Vous savez pourquoi ? Le portemine n'a pas traversé la robe. Il n'y a pas de trou dans le tissu. Par conséquent, à ce moment-là, elle avait ôté sa robe pour se rafraîchir un peu. Par conséquent, ça s'est passé ici même, dans les toilettes. Car Monahan, pour la tuer, aurait dû lui remonter sa robe par-dessus la tête devant tout le monde — et j'imagine que ça se serait remarqué !

« A aucun moment il n'est entré ici; votre mère aurait été la première à pousser les hauts cris. Mais vous, si. Vous êtes entrée alors qu'elle était seule, après le départ des autres, et vous l'avez frappée avec le portemine. Elle est tombée et s'est empalée dessus. Votre vieille a alors tenté de vous tirer d'affaire en mettant un tampon sur la blessure et en faisant croire à Monahan qu'elle était hébétée d'épuisement. A supposer qu'il ait remarqué la température anormale du corps, il a dû mettre ça sur le compte des massages à l'alcool qu'elle faisait à chaque pause. Un type comme lui qui danse pour gagner sa croûte n'est certainement pas très malin... Il n'avait aucun mobile. Même si elle avait voulu abandonner, il ne l'aurait pas tuée; il l'aurait laissée faire. Il n'y avait qu'à voir sa consternation, tout à l'heure, à l'idée qu'il était responsable de sa mort. Vous, par contre, vous aviez le mobile qu'il me fallait : ce collier cassé. Le désir de vous venger du préjudice causé. Ai-je oublié quelque chose ?

— J'y réfléchirai et je vous le ferai savoir ! » rétorqua-t-elle avec froideur.

Les Falvey mère et fille, Pasternack, Moe et les quatre autres danseurs, suivis de Smitty, marchaient en file indienne vers le fourgon cellulaire qui attendait devant l'entrée. Soudain, Smitty interpella le flic :

« Où est Monahan ? Allez le chercher ! »

Le flic accourut en s'épongeant le front.

« J'ai quand même réussi à lui faire lâcher prise quand ils sont venus chercher le cadavre, dit-il, mais je n'arrive pas à le faire taire. Il n'arrête pas de rire depuis tout à l'heure. Je crois qu'il a perdu la boule. C'est à vous donner froid dans le dos. Regardez ça ! »

Appuyé contre le mur, silhouette solitaire sous la lampe à arc, les bras toujours tendus en cette demi-étreinte dans laquelle il avait tenu sa partenaire pendant neuf jours et neuf nuits, Monahan riait à perdre haleine, en proie à une hilarité macabre qui le secouait de la tête aux pieds.

UN MEURTRE ET DEMI

(One and a Hal Murders, 1936)

« TU parles d'une situation ! gronda Mike Travis en foudroyant du regard sa sœur qui pleurnichait à la table de la cuisine. Je viens ici pour me reposer un peu et pour prendre une bouffée d'air marin, et je tombe sur ce gâchis ! Dans ma propre famille ! J'en suis resté comme deux ronds de flan. En plus, il a fallu que je l'apprenne par des gosses à qui je demandais mon chemin dans la rue !

– Je t'ai écrit, hoqueta Mme Murray. N'as-tu pas reçu ma let... ?

– Non, glapit Travis en écartant sa tasse d'un geste brusque. Et cesse de pleurer dans mon café, il est assez fadasse comme ça !

– Je pensais que tu pourrais peut-être faire quelque chose pour lui, puisque tu travailles dans une agence de détectives privés, bredouilla Mme Murray.

– Je travaillais, tu veux dire ! On m'a viré la semaine dernière, c'est pour ça que je suis ici. Alors que la crise est terminée partout ailleurs, voilà qu'elle s'attaque à notre profession, sans crier gare ! A mon âge, qui plus est ! » Son visage devint cramoisi jusqu'à la racine de ses cheveux d'un blanc neigeux et son bout de cigare passa du coin gauche de sa bouche au coin droit. « Trop vieux, qu'ils disent ! Pas assez à la page ! »

Sa sœur était du genre à compatir aux difficultés d'autrui, quitte à oublier ses propres soucis.

« Tu pourrais t'installer comme coiffeur. Tu as bien exercé ce métier, non, avant de devenir détective ? »

Elle se tamponna la figure avec son tablier et revint à ce qui la préoccupait : « Franck est un bon gars, il ne tuerait pas quelqu'un de sang-froid comme ça. Ce n'est pas lui, j'en suis sûre.

– Et si tu me racontais exactement ce qui s'est passé ? dit Mike avec impatience. Je suis pas devin ! »

Sa sœur prit une profonde inspiration.

« Tu sais comme il adore danser. Il n'y a rien de mal à ça, pas vrai ? Eh bien, un soir... »

Et elle plongea dans le passé.

La jeune fille riche traversait à la hâte le hall bondé, en retenant sa respiration de crainte d'être reconnue et arrêtée. A la sortie de l'hôtel, alors qu'elle pensait avoir réussi, elle se trouva face à face avec Arnold. Pour une fois, ses parents à elle n'étaient pas avec lui.

« Je n'arrivais pas à dormir, expliqua-t-elle vivement. Arnold, n'allez pas raconter que vous m'avez vue sortir. Je vous expliquerai à mon retour... »

Il avança la main pour la retenir.

« Une jeune fille de votre âge, avec un bracelet de diamants au poignet, ne devrait pas sortir seule à cette heure. Soyez prudente, Sylvia, cette ville est dangereuse. Laissez-moi vous accompagner... »

Elle se détourna.

« Je suis capable de me débrouiller. Et si vous soufflez un mot de tout ceci, je ne vous adresserai plus jamais la parole. »

Tandis qu'elle se perdait dans la foule qui déambulait paresseusement le long de la Promenade encombrée, elle eut l'impression qu'il la suivait de près. Elle ne se retourna pas pour s'en assurer.

Le jeune Murray l'attendait devant le *Dancing de la Jetée,* les billets d'entrée à la main. Il n'avait pas l'air d'un type à pouvoir s'offrir deux billets, même à cinquante *cents* pièce. La jeune fille le prit par le bras en souriant et ils entrèrent.

La Jetée s'avance dans l'Atlantique et se compose essentiellement d'un grand pavillon de danse sous des lumières multicolores. Mais à l'arrière se trouve une sorte de véranda volontairement plongée dans l'ombre à toute heure. Et il y en a deux autres de chaque côté. Quiconque y est déjà allé connaît la disposition des lieux.

Comme ils n'avaient rien à déposer au vestiaire, ils continuèrent sans s'arrêter et entrèrent dans la salle. Au bout de cinq minutes, elle retira de son poignet le bracelet de diamants et demanda à son compagnon de le mettre dans sa poche.

« J'ai peur de le perdre, dit-elle, le fermoir est cassé. N'oublie pas de me le rendre avant de partir, ce sont de vrais diamants. »

Il lui lança un drôle de regard mais il s'exécuta. Elle ne le connaissait que depuis trois nuits – mais elle était très jeune, et il dansait si bien... Alors qu'ils s'arrêtaient une minute entre deux danses pour applaudir, une fille aux yeux trop fardés s'approcha d'eux :

« Tu ne vas pas me plaquer comme ça ! lança-t-elle à Murray. Ça marche bien pour toi, hein ? » Elle se tourna vers l'autre fille et se mit à hurler :

« Méfiez-vous de ce type-là, mademoiselle la riche héritière ! Je vous aurai prévenue. C'est la terreur des donzelles ! »

Tout le monde, aux alentours, entendit ces paroles.

Quelqu'un la rejoignit et l'entraîna, mais elle lança par-dessus son épaule :

« J'aurai ta peau, Murray, même si c'est la dernière chose que je doive faire !

– Brrr ! » dit la jeune fille riche, en faisant semblant de frissonner.

Toute plaisanterie comporte une part de vérité.

Une demi-heure plus tard, ils quittèrent tous deux la piste pour se reposer un moment. Ils sortirent du côté sombre de la jetée, à l'écart des lumières et du bruit. Il n'y avait personne aux environs en cet instant. Personne ne la revit jamais vivante.

Comment aurait-il pu lui arriver quelque chose, avec des centaines de personnes à portée de voix ? Elle était certainement très loin de penser à la mort. Mais un bruyant orchestre de jazz peut couvrir le cri le plus perçant. Les musiciens jouaient à ce moment-là *Je suis le croquemitaine.*

« J'ai soif, murmura-t-elle. Veux-tu aller me chercher un verre d'eau ? »

Il se leva en prenant appui sur le dossier du transat de la jeune fille et noua les bras autour de ses épaules, par-derrière. Elle tourna la tête pour le regarder. Un nuage éclipsa la lune et ils se retrouvèrent dans les ténèbres.

La fille aux yeux fardés, accompagnée d'un garçon, sortit sur la « véranda » située à gauche de la jetée, pour prendre un peu l'air. La lune était derrière un nuage et l'eau était noire.

« Attends un peu, je n'en ai pas fini avec lui! fulmina-t-elle. Je lui rendrai... » Elle s'interrompit brusquement, se raidit. « Qu'est-ce que c'est ? T'as entendu ce bruit, à l'instant ? Comme si quelqu'un tombait à l'eau.

– Juste une vague qui heurtait un des pieux, dit son compagnon.

– Ça venait de l'autre côté, là-bas. Allons voir. »

Elle s'éloigna rapidement et disparut à l'angle. Comme elle ne revenait pas, il alla finalement la rejoindre. Il la trouva qui scrutait l'eau, penchée sur la rambarde.

A cet instant, la lune réapparut. La fille se redressa vivement et tira le garçon par la manche.

« Regarde! Y a-t-il quelque chose, là ? J'ai cru voir un bras émerger de l'eau à l'instant!

– C'est le reflet de la lune, dit-il.

– Sans doute, oui. N'empêche, sur le moment ça m'a fait un choc. Viens, retournons danser. »

En faisant demi-tour, elle aperçut une minuscule boule blanche sur un transat. Elle s'arrêta pour la ramasser. C'était un mouchoir, égaré par une femme. Un mouchoir coûteux. Elle l'emporta, car elle était économe; une fois lavé, il serait comme neuf. Son compagnon, qui était parti en avant, ne la vit pas faire.

Tout en le suivant sur la piste de danse, elle répéta :

« Je lui rendrai la monnaie de sa pièce, à ce faux jeton! »

Au même moment, quelqu'un tapait sur l'épaule de Franck Murray, penché sur le distributeur d'eau fraîche qui se trouvait au fond de la piste, à côté des aquariums illuminés. Avant même d'avoir regardé qui c'était, il renversa un peu d'eau du gobelet en carton qu'il était occupé à remplir. Sa main ne semblait pas très assurée.

Il leva les yeux. Il ne connaissait pas l'homme.

« Tu es arrivé voici une demi-heure avec une jeune fille en robe de satin blanc, dit l'autre d'une voix dangereusement basse. Où est-elle ? Je la ramène avec moi; ce n'est pas un endroit pour elle. Je ne te conseille pas de jouer avec le feu, l'ami. Elle ne t'a peut-être pas dit son nom mais c'est Sylvia Reading, la fille du propriétaire de la chaîne de magasins. »

Murray ne tenait pas le gobelet assez droit; un peu d'eau se renversa encore. Son poignet tressautait comme un piston. Malgré tout, ce fut d'une voix assez assurée qu'il dit :

« Je sais exactement qui... » Il serra les dents et ravala la fin de sa phrase. Au bout d'un moment, il reprit : « Vous perdez votre temps. Elle est partie depuis une demi-heure.

— Non, dit l'inconnu, ça ne marche pas. Cette eau, c'est pour elle, hein ? Toi, tu es trop fauché pour dépenser un seul penny; tu boirais directement au robinet. Mais, pour elle, évidemment, tu es prêt à tous les sacrifices ! Elle t'attend derrière, je suppose, sur la véranda ? »

Il n'attendit pas la réponse.

Murray froissa le gobelet dans son poing, faisant gicler l'eau, et le suivit.

Elle n'était pas là. L'autre type scrutait les ténèbres environnantes tout en appelant :

« Allons, Syl, arrêtez cette comédie. Si jamais vos parents apprennent... »

Il tourna à peine la tête pour faire face à l'attaque soudaine. Il y eut un bruit sec et Murray se retrouva à terre, cloué au sol par un bras, tout étourdi.

« J'ai appris la boxe à Princeton, pas chez les bookmakers », dit l'inconnu en secouant sa manche d'un air dédaigneux. Il se pencha vivement sur Murray, se redressa aussitôt. Il tenait quelque chose à la main. Quelque chose de brillant. « Qu'est-ce que c'est que ce bracelet qui est tombé de ta poche? Il me semble l'avoir déjà vu. » Il fit tourner lentement le bijou entre ses doigts. « Alors comme ça, elle est rentrée chez elle depuis une demi-heure, hein? En te laissant ça à titre de souvenir, sans doute... Tu l'as dévalisée pendant que tu dansais avec elle, petit salopard! »

Murray se remit péniblement debout, plus pâle que le clair de lune. Le tremblement qui affligeait son poignet depuis un moment avait maintenant gagné tout son corps. Sa voix prit un ton de supplication effrayée.

« Non, mon vieux, je vous jure que non! Dites pas ça, laissez-moi une chance! C'est elle qui m'a demandé de le lui garder. Elle était encore là il y a une minute...

— Et elle t'a confié un bijou de cinq mille dollars? Ben voyons! Quoi de plus naturel? »

Murray n'attendit pas d'en entendre davantage. Il réalisa brusquement la fâcheuse situation dans laquelle il se trouvait. La crainte aveugle de la loi, cette angoisse irraisonnée à laquelle les jeunes et les pauvres sont toujours plus sensibles que les autres, le frappa comme la foudre. La vue des diamants dans la main de l'autre homme sembla lui ôter toute faculté de raisonnement. Il fit volte-face et s'enfuit, en proie à une panique silencieuse, vers la piste de danse encombrée et vers la sortie.

Mais le cri rauque d'Arnold le précéda :

« Arrêtez cet homme ! Retenez-le ! »

Sous les lumières accusatrices, impitoyables, le fugitif détalait comme une balle noire à travers un bouquet de fleurs, tandis que la musique agonisait sur une succession de notes discordantes et que les danseurs agglutinés s'immobilisaient d'un pas incertain sur l'immensité de la piste.

Des bras se tendirent pour l'attraper, toujours trop tard. Sur son sillage, des silhouettes penchées en avant chancelaient pour reprendre leur équilibre. Mais il commençait à perdre de la vitesse; la densité de la foule jouait contre lui.

Alors une petite mule de satin, sournoise, se prit comme un bâton dans ses pieds en mouvement. Il s'abattit face contre terre, avec une telle force que ses jambes se replièrent au-dessus de lui, en une sorte de saut périlleux. Une fois le choc dissipé, il contempla la perfide petite mule, sur le plancher, puis ses yeux remontèrent vers le visage mauvais de la fille aux yeux fardés. Il se trouvait à moins de cinq mètres du hall – ce hall qui, s'il l'avait atteint, l'aurait conduit vers la Promenade et vers la liberté. Cette fille et son cavalier étaient le dernier couple avant la sortie !

« Merci, ma vieille, tu peux être fière de toi ! » haleta-t-il, le menton sur le plancher.

On le hissa sur ses pieds et il reçut une volée de coups avant que les gardiens de *La Jetée* ne viennent le sortir de là. Deux flics en uniforme arrivaient déjà de la Promenade, une bruyante foule de badauds sur les talons.

« Surtout, lança Arnold, ne le lâchez pas avant que je sache... »

Il se précipita vers une cabine téléphonique et appela l'hôtel de Sylvia Reading.

« Mais, enfin, je n'ai rien fait ! » gémissait Murray.

Tous les autres le serraient de près, comme un essaim d'abeilles.

« C'est un pickpocket ! lança quelqu'un. Il a fauché un bracelet de vingt mille dollars. »

La valeur du bijou avait quadruplé en l'espace de cinq minutes. Le patron de *La Jetée* était rouge de fureur et agitait les bras comme si c'étaient des ailes de moulin à vent.

« Vous ne pourriez pas l'emmener ailleurs, non ? Faut que vous le gardiez prisonnier au milieu de la piste ? Regardez-moi ça, tous ces types qui sont ici sans billet ! Allez, oust, rentrez chez vous ! Plus de danse ! On ferme pour la nuit ! Je me plaindrai à la municipalité ! »

Arnold revint à pas lents. Il était très pâle.

« J'ai eu ses parents au bout du fil, elle n'est pas rentrée ! L'hôtel est pourtant à deux pas d'ici. Elle s'est volatilisée !

– C'est vous qui portez plainte ? s'enquit l'un des flics. Pour quel délit ? Vol ?

– Ma fiancée... demandez-lui ce qu'elle est devenue ! Je l'ai vue de mes yeux entrer ici avec lui, et elle a disparu sans laisser de traces ! Le bracelet était dans la poche de cet individu...

– Regarde dans l'autre poche, peut-être que tu trouveras la fille ! plaisanta quelqu'un.

– Mieux vaudrait chercher dans l'eau, au bout de la jetée », dit une voix âpre.

La fille aux yeux fardés s'avança avec détermination. En cet instant, une double couche de rimmel n'aurait pas adouci son regard.

« Je l'ai vu avec elle. Et un peu plus tard, quand je suis sortie à mon tour, j'ai entendu le bruit d'une chute dans l'eau. Demandez au gars qui m'accompagne... Je suis allée me rendre compte et j'ai vu un bras blanc qui sortait de l'eau. Et puis j'ai ramassé ça. »

Elle exhiba le mouchoir roulé en boule. Ses yeux de basilic, brillants de haine, ne quittèrent pas un instant le visage effaré de Murray.

Quand Arnold vit le mouchoir, son teint vira au gris.

« C'est le sien, murmura-t-il. Regardez, dans le coin, ce S et ce R entrelacés... Sylvia Reading. Sentez cette odeur de gardénia... son parfum. » On dut l'empêcher de sauter sur Murray. « Vous me demandez de quoi j'accuse cet homme? De meurtre. Ma fiancée est morte! »

Un calme soudain s'abattit sur la foule. On n'entendait que les gémissements entrecoupés de Murray tandis que les flics l'entraînaient. Il répétait, encore et encore :

« Ce n'est pas moi, ce n'est pas moi... »

Le corps de Sylvia Reading échoua sur la plage de Ventnor deux jours plus tard, visiblement apporté là par le courant. Arnold l'identifia aussitôt. La robe de satin n'avait pas encore perdu son brillant. On distinguait même le rouge qui avait souligné sa bouche. L'autopsie établit qu'elle avait séjourné dans l'eau deux jours entiers. Et il y avait un peu d'eau dans ses poumons; *elle n'était pas tout à fait morte quand on l'avait jetée dans l'océan.* On l'avait étranglée avec les bretelles en soie de sa robe, nouées ensemble sur la nuque et tordues comme un garrot. Les marques étaient parfaitement visibles sur la gorge.

Murray, avec qui on l'avait vue vivante pour la dernière fois, fut inculpé de meurtre au premier degré et emprisonné en attendant le procès. Il avait maintenant cessé de répéter « Ce n'est pas moi »; cela lui avait valu trop de coups. A présent, il ne disait plus rien.

« S'il n'a pas fait cette bêtise-là, tu peux être sûre qu'il en a fait d'autres », commenta froidement Mike Travis. Il se leva et prit son chapeau. « Ce qu'il lui aurait fallu, c'est un bon coup de pied quelque part, pour lui apprendre à aller danser comme un pantin tous les soirs ! »

Mme Murray risqua un œil, pleine d'espoir.

« Où tu vas ? sanglota-t-elle.

– A la morgue », dit Mike d'un ton bourru.

Elle exhala un profond soupir lorsque la porte claqua derrière lui. Bizarrement, cela ressemblait à un soupir de soulagement et de confiance retrouvée.

Sylvia Reading était étendue sur une dalle, telle une statue. Sa beauté n'était plus qu'un souvenir; les millions de son père ne pourraient jamais la faire revivre. Mike resta là à la regarder.

« Non, répondit-il par-dessus son épaule, je ne suis pas un parent. Je suis un détective privé engagé par la famille de Murray. Empire State Agency, New York. »

Le fait qu'il n'appartînt plus à l'agence depuis une semaine ne l'arrêta pas. Il avait gardé l'insigne; c'était tout ce qui lui restait de vingt-cinq années de travail.

« Faites-moi voir ses affaires », dit-il.

Les bas, très fins, n'étaient même pas filés. Ils présentaient sur le devant des taches verdâtres : le cadavre avait dû effleurer l'un des pilots recouverts de mousse qui plongeaient profondément dans l'eau à l'endroit où il avait coulé.

« Allez-vous-en, dit-il avec impatience, ne restez pas là à me tourner autour. Je ne suis pas un voleur de cadavres. Ah ! alors d'après vous, l'affaire est claire comme de l'eau de roche ? Et je perds mon temps ici ? N'importe, c'est mon temps ! Apportez-moi une chaise, je ne suis pas un jeunot comme vous autres. »

Les marques violacées étaient encore nettement visibles là où les perfides lanières avaient coupé net la vie. Elle avait pourtant bien dû avoir un moment de répit, juste le temps d'esquisser un geste, de se débattre. Quel mouvement involontaire, instinctif, ferait-on dans un cas pareil ? On chercherait à atteindre le fil qui vous enserre, pour tenter de le desserrer. Sans succès, naturellement...

Il sortit l'une des mains de sous le drap et l'examina. Sylvia avait dû se faire manucurer tous les jours de sa vie, se dit-il. Il y avait cependant un peu de poussière, une ligne noire presque invisible sous l'ongle du pouce, intact et taillé en pointe. Il regarda l'autre main : deux des ongles présentaient la même particularité.

« Donnez-lui un jeu de cartes, plaisanta quelqu'un dans son dos, peut-être qu'il veut faire une crapette avec elle ! »

Mike ignora la boutade.

Ce soir-là, alors qu'elle était assise au bout de *La Jetée* avec Murray, elle avait dû laisser errer ses mains sur la rambarde et un peu de poussière s'était glissé sous ses ongles. Mais pourquoi à trois doigts seulement ? Il sortit de sa poche un cure-dents et déchira le papier qui l'enveloppait. Puis il souleva la main inerte et gratta sous l'ongle du pouce. La ligne noire vint en une seule fois; lorsqu'il retira la pointe, l'ongle était net – et il avait sous les yeux un court cheveu sombre. Il trouva la même chose sous les deux autres ongles. En définitive, ce n'étaient donc pas des saletés... Dans un dernier geste, Sylvia Reading, après avoir tenté de desserrer le nœud qui l'étranglait, avait levé le bras à l'aveuglette pour saisir la tête de son assaillant.

Il rangea soigneusement les trois cheveux dans l'enveloppe en papier du cure-dents, puis il se leva. Les employés de la morgue se tapèrent le front avec l'index d'un air entendu tandis qu'il sortait d'un pas traînant. « Cinglé », tel fut leur verdict.

C'est également ce que pensa Murray quand Mike vint lui rendre visite dans sa cellule un peu plus tard.

« Alors, tu es content de toi ? gronda Mike en guise de salut. Pourquoi tu l'as tuée, au fait ? »

Murray le foudroya du regard.

« Parce qu'elle m'a écrasé les orteils pendant qu'on dansait. »

Comme il détournait la tête avec exaspération, il sentit trois vives piqûres au sommet du crâne et vit son oncle mettre quelque chose dans un papier à cigarette.

Il bondit sur ses pieds, le visage grimaçant de fureur.

« McGuffy ! brailla-t-il en secouant les barreaux de sa cellule. McGuffy ! »

Le gardien arriva à toute allure.

« Fichez-moi ce casse-pieds dehors ! J'ai des droits, non ? » Le geôlier dut s'interposer entre les deux hommes. « Mêle-toi de tes oignons ! lança Murray après le départ de son visiteur.

– Ah ! jeunesse, bouillante jeunesse ! » murmura Mike avec indulgence en s'éloignant dans le couloir.

Il fit ensuite irruption dans le salon de coiffure de l'hôtel Claymore. Trois garçons coiffeurs, debout près de leurs fauteuils, tournèrent aussitôt leur attention vers lui.

« Non, dit-il. Je ne veux pas une coupe, je cherche du travail.

– Vous avez des références? lui demanda le patron d'un ton maussade lorsque Mike eut mis la main dessus. Je ne peux pas engager comme ça un type qui entre dans la boutique... »

Il jeta un coup d'œil sur le papier tout corné que lui tendait Mike. Pendant ce temps, Mike maniait une tondeuse pour se faire la main.

« Oh! vous avez travaillé au Grand Central Terminal de New York? Voilà qui est mieux! Et il est précisé que vous êtes parti de votre propre chef. » Il regarda Mike presque avec respect. « Y en a pas beaucoup qui feraient ça de nos jours. »

Les trois assistants s'approchèrent, le cou tendu pour lire de leurs yeux l'inestimable document. Des ciseaux à la main, triomphant, Mike coiffait avec ardeur un client imaginaire.

Soudain, quelqu'un montra du doigt le coin supérieur droit du papier. Le patron poussa un rugissement.

« Ces références datent de 1913! Sortez! Sortez avant que je... »

Mike attrapa au vol le document qui revenait vers lui en papillonnant.

« Très bien, dit-il avec humeur, si vous le prenez comme ça... » Il se retourna sur le seuil pour lancer la flèche du Parthe : « Un bon coiffeur s'améliore avec l'âge, tout comme le vin! »

Les assistants ricanaient encore sous cape, quelques minutes plus tard, lorsque l'un d'eux s'exclama :

« Il me manque une tondeuse!

– Qui a pris mes ciseaux? s'enquit un autre.

– Sapristi! fit le troisième, ma blouse de rechange a disparu! »

La tondeuse, les ciseaux et la blouse apparurent simultanément, un peu plus tard, au dernier étage de l'hôtel, devant la chambre 1115. Muni de cet attirail, Mike frappa à la porte. Il était encore furieux car il avait dû débourser trois dollars pour s'inscrire à la réception : on ne laissait passer que les gens qui avaient loué une chambre.

La porte s'ouvrit et l'occupant du 1115 le dévisagea froidement.

« 'soir, monsieur Arnold, dit Mike. Une petite coupe, un shampooing, un emplâtre de boues, un bon rasage... que puis-je pour vous? Avec les compliments de la direction.

– Que signifie? Je n'ai pas demandé de coiffeur! maugréa Arnold en faisant le geste de refermer la porte.

– Je le sais bien, monsieur, dit Mike avec onction, mais nous en avons installé un à chaque étage. Nous voulons que nos clients aient tout le confort possible... »

Arnold passa la main sur son menton rêche. De mauvaise grâce, il fit signe à Mike d'entrer.

« C'est bon, mais faites vite. »

Mike lui noua adroitement une serviette autour du cou, fendit l'air avec ses ciseaux. Il n'avait pas fait cela depuis plus de vingt ans mais le coup de main lui revint peu à peu. Ses doigts perdirent de leur raideur et il commença à se rappeler au fur et à mesure les gestes à accomplir. Parfois, évidemment, les réflexes revenaient un peu trop tard : ainsi, il n'aurait pas dû passer la tondeuse jusqu'au sommet du crâne, derrière; ça ressemblait trop à une coiffure de bagnard. C'était regrettable, bien sûr, mais les cheveux repousseraient en quelques semaines.

Arnold eut un tressaillement :

« Aïe ! Qu'est-ce que vous fabriquez ? »

Mike examina de près l'endroit douloureux.

« Excusez-moi, monsieur, je n'avais pas remarqué. Vous avez une petite égratignure là, juste à la naissance des cheveux. J'ai dû l'effleurer avec mon peigne. »

Arnold ne répondit pas. Il y eut soudain un silence à couper au couteau, un silence qui parlait plus fort que des mots. Mike nettoya le peigne avec soin, retira les cheveux qui s'étaient pris entre les dents et les enveloppa dans un papier, derrière le dos d'Arnold.

« Pressez-vous un peu ! dit Arnold avec impatience. Vous allez y passer la journée ? »

Mike dénoua posément la serviette, empocha ses instruments et se dirigea vers la porte, sans attendre la touche finale de la profession : le verdict du client. Bien lui en prit.

Alors qu'il était au milieu du couloir, la porte se rouvrit à la volée et des imprécations malsonnantes le poursuivirent, accompagnées d'une chaussure et d'un lourd cendrier en verre qui le manqua de quelques centimètres. Il dévala discrètement l'escalier et se réfugia dans sa propre chambre, deux étages plus bas.

Il enveloppa les instruments dans la blouse blanche, sur laquelle il épingla un mot : « A retourner au coiffeur de l'hôtel, avec des excuses. » Puis il s'en alla, emportant tout ce qu'il avait récolté pour ses trois dollars : une demi-douzaine de cheveux dans du papier. « Nous verrons ce que le microscope aura à nous apprendre », murmura-t-il.

« Et que voulez-vous que je fasse avec ça ? demanda sèchement le commissaire de police.

Que je rembourre un oreiller ? Que je les garde en souvenir dans un médaillon ?

– Envoyez-les pour moi aux experts du Département de Justice, à Washington, pour qu'ils déterminent lesquels vont ensemble. Surtout, ne mélangez pas les étiquettes ! Les cheveux de l'échantillon A ont été prélevés sous les ongles du cadavre – les employés de la morgue pourront en témoigner. Ceux de l'échantillon B viennent de la tête de l'accusé, ceux de l'échantillon C appartiennent au principal témoin à charge. L'analyse devrait montrer lesquels correspondent.

– Merci pour A, en tout cas, dit le commissaire ; c'est un indice qui avait échappé au médecin légiste. Il sera le bienvenu au procès. D'accord, Travis, je vais faire ça pour vous.

– Dites-leur de vous répondre par télégramme, dit Mike. Ils pourront envoyer le rapport détaillé plus tard. Je sais que vous allez garder votre suspect sous les verrous, mais si jamais ça s'avère être un autre... vous pourrez me joindre chez ma sœur, à South Carolina Avenue.

– Comptez sur moi », lui assura le commissaire. Sans méchanceté, il ajouta : « Désolé de vous dire ça, mon vieux, mais ce garçon est d'ores et déjà mort. Ça faisait longtemps qu'on n'avait pas eu une affaire aussi évidente. »

Mike s'en alla, en pensant : « Et moi qui compte sur trois cheveux pour renverser la vapeur ! »

Il chemina d'un pas pesant le long de la Promenade, tête basse. C'était sans espoir. Même si le rapport à venir était favorable, quelles chances aurait le gosse contre ce jeune richard, avec son argent et ses relations ? Probable que même la famille de la morte le soutiendrait en cas de besoin. Il grimaça un sourire en pensant à la façon dont Murray l'avait renvoyé de sa cellule. Crâneur, impétueux, même dans l'ombre de la mort. Mike pensa ensuite à Arnold, dans sa luxueuse chambre d'hôtel, nerveux et agité. Mike avait senti sous la surface quelque chose de mou, de vulnérable. L'excès d'argent, peut-être... En creusant un peu, il obtiendrait peut-être des résultats ? Pourquoi attendre que les cheveux livrent leur secret ? Il pourrait peut-être trouver d'autres éléments à l'appui de sa thèse. Pourquoi attendre que le clan des meilleurs avocats serre les rangs autour d'Arnold, prêt à le secourir dès qu'il serait légalement en mauvaise posture ?

Arnold entassait des cravates à quatre-vingts dollars et quelques dans une valise quand on frappa à sa porte. Pensant que c'était le chasseur, il alla ouvrir sans méfiance. Lorsqu'il s'aperçut de son erreur, il était trop tard pour la refermer. Ils étaient déjà entrés.

Trois hommes. En reconnaissant celui du milieu, il eut la confirmation de ce qu'il avait soupçonné depuis le début, à savoir que le coiffeur de tout à l'heure n'en était pas vraiment un. Ce simple soupçon lui avait flanqué la frousse au point de l'inciter à prendre la poudre d'escampette jusqu'au procès; maintenant qu'il avait une certitude, il se sentait paralysé, désemparé. C'était typique de son caractère : au lieu de tenter de leur barrer le chemin, il recula, effondré, comme une loque. Sylvia Reading avait bien jugé ses hommes : elle savait ce qu'elle faisait en refusant de l'épouser. « Une poule mouillée. » Elle avait emporté ce secret dans la tombe. Il était vaincu avant même d'avoir livré combat.

Les hommes refermèrent la porte derrière eux.

L'un se planta devant. Un autre s'approcha du téléphone et le mit hors de portée. Hors de portée d'Arnold.

« On se souvient de moi ? » dit Mike.

Livide, Arnold hocha la tête. Mike exhiba un insigne quelconque et regarda les bagages tout préparés.

« Alors, on s'apprêtait à partir ? dit-il d'une voix traînante.

– Que voulez-vous ? bredouilla le dandy.

– Curieux que vous choisissiez justement ce moment pour partir. Curieux que vous ayez cette petite éraflure sur le crâne, à la naissance des cheveux. A votre retour, elle aurait été cicatrisée, n'est-ce pas ? »

Il y avait sur la table une bouteille et un verre. Arnold dit :

« Permettez que je boive encore un coup ? Permettez que je parle au commissaire ? »

Il paraissait hors d'haleine.

L'homme debout près du téléphone souleva l'appareil des deux mains et tira un coup sec. Les fils, arrachés, pendirent du boîtier. Il le tendit alors à Arnold.

« Vous allez parler au commissaire, promit Mike. C'est pour ça que nous sommes ici. Il nous a envoyés vous chercher. »

Arnold émit un soupir de soulagement.

« Personne n'a besoin de savoir, n'est-ce pas ? Je peux tout lui expliquer... Mais les journaux ne mentionneront pas que vous êtes venus me chercher ici ?

– Vous croyez ça ? dit Mike avec un sourire ironique. Tous les journalistes d'Atlantic City sont massés en bas à la porte, il y a une caméra qui vous guette derrière chaque réverbère... »

Arnold laissa échapper un cri.

« Je ne le supporterai pas ! Des photographes, mon nom dans les journaux... ma vie serait ruinée ! Et si nous sortions par-derrière ? Laissez-moi prendre contact avec un avocat, au moins ! Oh ! Seigneur, laissez-moi boire un verre ! »

Mike écarta la bouteille.

« Nous allons faire un marché, dit-il tranquillement. Vous pourrez prendre un verre, et nous vous ferons sortir par-derrière... En échange, vous n'avez qu'à écrire sur une feuille de ce bloc-notes « J'ai tué Sylvia Reading » et signer. »

Arnold fit un bond en arrière, comme si on l'avait mordu.

« Non ! hurla-t-il. Non ! Ce n'est pas moi ! Vous ne pouvez pas me faire avouer ça ! Vous essayez de me piéger, je le vois bien ! Vous ne pouvez pas me rendre responsable...

— Vraiment ? dit Mike. C'est déjà fait. Nous l'avons prouvé ! Montre-lui, Lane. »

L'homme debout devant la porte sortit de sa poche deux petits sachets en papier, les défit.

« Depuis ma visite, tout à l'heure, on a analysé vos cheveux. Vous ignoriez que j'en avais emporté, hein ? Contrairement à ceux de Murray, vos cheveux correspondent aux spécimens prélevés sous les ongles de la victime. En se débattant, elle a levé le bras pour attraper votre tête et elle vous a fait cette petite éraflure que j'ai rouverte tout à l'heure. Elle vous a également arraché plusieurs cheveux, qui sont restés sous ses ongles ; même l'eau ne les a pas délogés. Maintenant, ce n'est plus la parole d'un pilier de dancing sans relations contre la vôtre ; c'est le témoignage d'un expert du Département de Justice de Washington ! Allez, en route... et relevez le menton quand vous entendrez tourner les caméras ! »

Arnold regarda autour de lui, aveuglément,

comme s'il ne les voyait plus. Puis, soudain, il enfouit son visage dans ses mains.

« Je ne pouvais pas supporter de la voir soir après soir avec ce bon à rien... Elle ne m'aimait pas, et ça me mettait hors de moi. Quand je l'ai trouvée assise là, toute seule, elle a refusé de m'écouter, elle n'a pas voulu se lever et partir avec moi. J'ai commencé à la secouer par les épaules, histoire de la faire se ressaisir... et puis, avant même que j'aie pu m'en rendre compte, c'est arrivé ! Elle m'avait provoqué, il faut dire, elle ne voulait pas me prendre au sérieux... S'il vous plaît, sanglota-t-il, laissez-moi boire un verre...

– Faites ce que je vous ai dit, rétorqua Mike, et nous attendrons derrière la porte pour vous laisser terminer la bouteille en paix. »

L'espace d'un instant, le visage d'Arnold se figea.

« Vous... attendrez... derrière la porte ? » Il arracha une feuille du bloc-notes de l'hôtel, griffonna deux lignes. « Voilà, murmura-t-il. Maintenant, laissez-moi boire un coup. »

Derrière la porte, Mike plia le papier et l'empocha.

« Une poule mouillée », murmura-t-il.

Il entraîna ses deux compagnons vers l'ascenseur.

« Vous attendez pas ? dit l'un avec curiosité.

– A quoi bon ? rétorqua Mike. Il est déjà en bas, sur la Promenade.

– Vous le saviez... et vous l'avez laissé faire ?

– C'était le meilleur service qu'on pouvait lui rendre, répondit Mike. Curieux de voir comme l'argent vous amollit un homme... Bon, va falloir que j'aille voir le commissaire avec cette confession. »

Le second chiffonna les deux petits sachets en papier et les jeta au loin d'un air écœuré.

« J'suis déjà presque chauve et faut en plus que j'm'arrache le peu d'cheveux qui m'restent, se plaignit-il. Et il les a même pas regardés !

– Cesse de râler, dit Mike. Tenez, voilà vos vingt dollars chacun. Et la prochaine fois que je vous vois faire votre petit racket sur la Promenade, je vous mets à l'ombre pour de bon ! »

Après avoir parcouru la confession d'Arnold, le commissaire s'adossa à son fauteuil en sifflotant.

« Je ne sais pas comment vous lui avez extorqué ça, mon vieux, dit-il d'un air entendu, mais vous avez une sacrée chance que ça ait marché ! » Il lui tendit par-dessus le bureau un télégramme ouvert. « Jetez un œil là-dessus ! »

C'était le rapport préliminaire de l'expert du Département de Justice. Mike pâlit au fur et à mesure qu'il lisait : *Echantillon B, de l'accusé, ne coïncide pas avec échantillon A : différences de texture et de couleur. Même chose pour échantillon C, du second suspect.*

Mike avala sa salive. Les principaux indices étaient réduits à néant. Les spécimens de cheveux devaient appartenir à la morte.

« Naturellement, dit le commissaire d'un air sombre, nous abandonnons les poursuites contre le jeune Murray. Mais s'il n'y avait pas ces quelques mots griffonnés – « J'ai tué Sylvia Reading, J. Arnold » –, nous pourrions vous inculper d'un demi-meurtre pour avoir conduit Arnold – j'ignore par quel moyen – à se jeter par la fenêtre. Je ne sais ce qu'il en adviendra, mais pour ma part j'en resterai là. » Il fixa Mike avec curiosité. « Seul compte le résultat, je suppose... Mais c'est ce qui s'appelle mettre la charrue avant les bœufs ! »

« Alors tu as retrouvé ton emploi ? s'extasia la sœur de Mike, assise, rayonnante, à la table de la cuisine. Ils ont dû lire les comptes rendus de l'affaire dans les journaux. Un pli par exprès, et signé par le directeur de l'agence en personne !

– Ouais, ironisa Mike, ils ont mis du temps à s'apercevoir de mes capacités. A mon tour de prendre mon temps pour leur répondre; ils attendront mon bon plaisir ! » Il sortit de sa poche la réponse qu'il avait préparée et la cacheta hâtivement. « Tu n'aurais pas un timbre par avion ? » s'enquit-il.

L'INSPECTEUR N'AIME PAS SE PRESSER

(Death in the Air, 1936)

L'INSPECTEUR Marshall Trevitt, rentrant chez lui son service terminé, s'arrêta au kiosque de la station du métro aérien pour acheter un journal et un magazine, dans le but de se distraire. Son trajet nocturne, passablement long, comportait deux moyens de transport – le métro aérien entre le commissariat et South Ferry, puis le bac jusqu'à Staten Island – d'où les deux lectures distinctes : une pour chaque section du parcours.

Avec un nom et un prénom comme les siens – et la nature humaine étant ce qu'elle est –, un sobriquet s'imposait d'emblée : Marsh Trevitt. Ç'avait commencé à l'école, dès l'âge de sept ans, et ç'avait continué dans la police. Il avait alors renoncé à lutter, sachant bien qu'il garderait ce surnom pour le restant de ses jours, que ça lui plaise ou non.

Le plus grave, c'est que ça ne lui allait pas du tout. Marsh Trevitt n'avait jamais fait un mouvement rapide de sa vie. En le voyant, on pensait à un film au ralenti ou à un plongeur sous-marin évoluant entre les algues au fond de l'océan. Il donnait l'impression d'être né paresseux et de l'être chaque jour davantage. Son surnom rendait probablement cette caractéristique encore plus évidente.

Il n'était pourtant pas obèse, bien au contraire : grand et maigre, concave à la taille, là où d'autres ont du ventre. Il avait généralement la tête penchée un peu en avant, comme si c'était trop fatigant de la tenir droite. Non seulement il marchait lentement, mais il parlait lentement. L'essentiel, c'est qu'il pensait vite : les résultats de son dossier semblaient prouver que la course n'est pas toujours acquise au plus rapide. Il était connu pour avoir arrêté quelques-uns des malfrats les plus agiles de la profession.

Comme un rouleau compresseur qui poursuit une moto : il ne peut pas se maintenir à sa hauteur mais il peut la traquer sans relâche, la grignoter, la rattraper lentement, et finalement l'écraser. C'est pourquoi, si Marsh faisait le désespoir des agents réglant la circulation dans une rue embouteillée ou rendait fous les gens qui se trouvaient derrière lui dans une file d'attente, ses supérieurs ne s'en inquiétaient pas trop. Il en faut plus que ça pour gâcher un bon détective.

Marsh s'avança jusqu'au pied de l'escalier éclairé et, comme chaque soir, soupira à la vue de la montée qui l'attendait. Un escalier mécanique, comme dans certaines autres stations, ç'aurait été tellement plus pratique !

Le métro l'aurait conduit au ferry infiniment plus vite, mais il rejetait cette solution pour deux excellentes raisons. Primo, il avait cinq cents mètres de plus à parcourir pour atteindre la station. Secundo, même si au début on descendait au lieu de monter, il fallait quand même remonter à la fin; Marsh préférait se débarrasser tout de suite du boulot dur et terminer par une bonne petite descente à l'arrivée.

Il posa lentement son pied droit, large comme une pagaie, sur la première marche. Huit minutes plus tard, il était en haut, sur le quai, débarrassé de cette épreuve jusqu'au lendemain soir. Lorsqu'il franchit le tourniquet, une rame était sur le point de fermer ses portes. Marsh aurait pu l'attraper : un homme, derrière lui, y arriva en piquant un sprint. Marsh préféra ne pas essayer. Il lui aurait fallu se dépêcher. Il prendrait la suivante, voilà tout. L'histoire du lièvre et de la tortue était pleine de bon sens.

Sur cette ligne-ci, les rames alternaient. La moitié passait par la 59e Rue, l'autre moitié par la 9e Avenue. Elles se séparaient à la 53e Rue mais se rejoignaient à South Ferry : par conséquent, peu importait celle qu'il prenait. En tout cas, il refusait de s'activer.

Une rame à trois voitures arriva. Marsh se leva de son banc – pour rien au monde, il ne serait resté debout – et se dirigea vers elle sans se presser. Il traversa paresseusement le quai, en se tapotant la bouche pour étouffer un bâillement. Obligé de laisser les portières ouvertes pour lui, le chef de train – un grincheux à la moustache en guidon de vélo – éprouva l'envie soudaine et inexplicable de le piquer avec une épingle pour voir s'il était capable de se dépêcher. Il refréna sagement son impulsion – peut-être parce qu'il n'avait pas d'épingle sur lui.

La première voiture n'avait qu'un passager. Assis sur l'une des banquettes, il était visible seulement jusqu'à la taille; le reste de son corps était enfoui sous un journal déployé sur toute sa longueur. A pas traînants, Marsh alla s'installer en face de lui, de l'autre côté de l'allée. Puis, avec un grognement de satisfaction, il ouvrit son propre journal et entreprit de se détendre. Les vitres étaient baissées des deux côtés de la voiture; c'était une façon agréable, rafraîchissante, de rentrer chez soi par une chaude soirée. Seules demeuraient visibles deux paires de jambes et deux tentes en papier journal, l'une en face de l'autre. Entre deux stations, le chef de train se retira dans la deuxième voiture – peut-être parce que Marsh l'irritait vaguement.

La rame descendit la 9e Avenue, une quinzaine de mètres au-dessus de la rue. Les immeubles, qui surplombaient la voie d'un ou deux étages, se tenaient à une distance respectable de la superstructure. Les choses changèrent cependant lorsque la rame, quittant la 12e Rue, s'engagea dans Greenwich Street. Les vieux immeubles de rapport tout décrépis se refermèrent sur elle des deux côtés, s'étrécissant en un goulot de bouteille et manquant érafler les voitures au passage. Trois mètres au grand maximum séparaient le rail extérieur de la voie des fenêtres du troisième étage – et la moitié seulement là où saillaient les échelles d'incendie.

Ce qui préservait ces appartements d'incessants cambriolages, c'était simplement qu'il n'y avait rien à voler dedans. Ils ne valaient pas le coup. Quatre sur cinq étaient inoccupés, leurs fenêtres condamnées par des planches ou bâillant dans la nuit. De temps à autre défilait une fenêtre faiblement éclairée, tellement proche que les passagers de la rame avaient l'impression effarante d'être dans la même pièce que ces gens dont ils violaient l'intimité : un homme en sous-vêtements lisant son journal devant une lampe, une femme penchée sur son évier dans une cuisine enfumée. Jamais ils ne tournaient la tête vers les lumières – fulgurantes comme des comètes – de la rame qui passait dans un bruit de ferraille. Ils y étaient tellement habitués qu'ils n'y prêtaient même plus attention. Ça faisait partie de leur environnement. En général, les passagers des voitures ne manifestaient, eux non plus, aucun intérêt. Peu nombreux à cette heure, ils lisaient leur journal, le dos tourné à la scène qui défilait. Le bas West Side de New York n'a rien de pittoresque. La rivière, à un block de là, est cachée par les docks et les rues latérales sont bordées d'entrepôts.

Dans la voiture de tête, les deux passagers solitaires étaient toujours plongés dans leur lecture. La rame venait de dépasser Christopher Street et s'engageait dans Desbrosses Street. Quand elle en ressortit, une minute plus tard, elle ralentit un instant – sans s'arrêter complètement – puis reprit aussitôt de la vitesse. Peut-être l'avertissement d'un signal ou une brève rupture de contact entre le « patin » et le rail électrifié. Marsh leva les yeux de son journal et regarda par-dessus son épaule, non à cause de cet incident mais pour voir s'il était encore loin de sa destination.

Une fenêtre grande ouverte lui faisait face, dans le prolongement exact de celle de la voiture, si proche qu'elle formait comme un tunnel de communication avec l'appartement de l'immeuble. La première pièce n'était pas éclairée mais un peu de lumière filtrait, au fond, par une porte ouverte. Les lumières de la rame balayèrent les murs, de gauche à droite, comme un appareil de projection passant des diapositives.

Dans ce double éclairage, avant et arrière, Marsh aperçut deux silhouettes vacillantes qui remuaient en cadence. Un homme et une femme ivres dansaient dans le noir, avec des mouvements de bras et de tête exagérés. Etroitement serrés l'un contre l'autre, ils tournoyaient et titubaient. « Me demande bien ce qu'ils fabriquent, se dit-il avec indulgence. Fait sans doute trop chaud pour allumer... » Le vacarme des roues noya la musique qui devait accompagner leurs étranges activités.

A l'instant où la fenêtre de l'immeuble sortait de son champ de vision, Marsh entendit un bruit sec, comme si la rame passait sur une irrégularité des rails. Simultanément, l'une des ombres dansantes gratta une allumette – qui s'éteignit aussitôt, bref éclair orangé – et un insecte entra par la fenêtre, effleurant l'épaule de Marsh. Celui-ci le chassa d'un geste vague, puis se replongea dans sa lecture. Le train prit de la vitesse et se dirigea vers Franklin Street.

Lorsqu'il jeta un coup d'œil par-dessus son journal, Marsh s'aperçut que son compagnon, de l'autre côté de l'allée, s'était endormi. Un homme selon son cœur : trop flemmard pour plier son journal et le poser. L'air qui s'engouffrait par la fenêtre, du côté de Marsh, avait plaqué les pages contre son visage et ses épaules; ses mains ne les tenaient plus mais pendaient sur ses genoux, inertes. Ses jambes allongées oscillaient mollement, comme du caoutchouc, à chaque secousse de la voiture.

Marsh se demanda comment le type pouvait respirer avec ces couches de papier collées sur son nez et sur sa bouche; on voyait la bosse que faisait son nez. L'insecte qui était entré par la fenêtre – ça ressemblait à un gros cafard – s'était posé sur le journal, juste au-dessus. Marsh pensa au fameux gag du type qui veut écraser une mouche sur la figure d'un dormeur – lequel, évidemment, reçoit tout l'impact du coup. S'il avait connu cet homme, il aurait essayé. D'un autre côté, c'était un bien gros effort de tendre le bras juste pour écraser un taon.

Alors qu'ils remontaient vers Franklin Street, un brusque courant d'air souleva la feuille extérieure du journal étalé sur le dormeur et l'envoya tournoyer dans l'allée. Marsh cligna les yeux, ahuri. L'insecte noir était toujours là, sur la page du dessous, comme s'il était passé à travers! La seconde feuille se détacha, s'envola. Et la satanée bestiole était encore là, comme si elle sautait d'une page à l'autre, invisible!

Marsh se mit debout. Il le fit avec lenteur, mais il avait les muscles tendus. Il ne souriait plus. Brusquement, la rame s'arrêta. Les dernières feuilles du journal s'éparpillèrent, dévoilant le visage du dormeur. L'insecte noir avait franchi d'un bond le dernier espace et se trouvait exactement au milieu du front. Un mince filet rouge dégoulinait le long du nez de l'homme, comme un étrange cordon de lorgnon, pour se perdre dans le coin de la bouche. Marsh avait trop d'expérience pour ne pas comprendre tout de suite. Le dormeur était mort. Marsh n'eut pas besoin de mettre la main sous sa veste pour s'en assurer, ni de toucher la main flasque, coincée sous le corps, qui pendait comme une patte de poulet. La mort avait jailli du journal même qu'il lisait. Bla-bla-bla, puis... point final! Un gros point noir, droit dans le cerveau. Il était mort sur le coup, assis, sans même savoir ce qui le frappait. Ce n'était pas le vent qui avait plaqué le journal contre son visage; c'était la balle. Ce n'était pas un insecte qui avait effleuré l'épaule de Marsh, tout à l'heure; c'était la balle.

Marsh tendit posément le bras et tira deux fois le signal d'alarme. Les portières s'étaient refermées sur la station Franklin et la rame s'ébranlait. Elle s'arrêta aussitôt, avec un brusque cahot. Le chef de train à la moustache en guidon de vélo accourut sur le quai. A l'autre bout de la voiture, le conducteur sortit la tête de sa cabine.

« Alors, qu'est-ce qui se passe là-dedans ? »

Les paroles du chef de train crépitèrent comme des chevrotines autour de Marsh, indifférent.

« Arrêtez le train, dit-il d'une voix traînante. Cet homme a été tué d'un coup de feu. » Comme le gars en veste bleue commençait à haleter sur sa nuque et à l'écarter du coude, il le réprimanda aimablement : « Allons, ne poussez pas comme ça. Il n'y a rien que *vous* puissiez faire. A quoi ça sert de s'exciter? Permettez que je regarde d'abord qui c'est... »

A côté de lui, le conducteur déclara :

« Enlevez-le de là. On ne peut pas rester ici toute la nuit. On a un horaire à tenir; on va embouteiller toute la ligne derrière nous.

— Ecartez-vous! gronda férocement le chef de train. Pour qui vous prenez-vous, au juste?

— Oh! encore cette formalité? » dit Marsh avec lassitude.

Toujours penché sur la forme prostrée, il montra d'un geste négligent son insigne au creux de sa paume. Il n'y eut plus alors qu'un silence respectueux pendant qu'il fouillait — avec une lenteur affolante — les poches du cadavre.

Son cerveau, loin d'être léthargique, grésillait comme un fil à haute tension. Le bruit de la détonation? Probablement ce qu'il avait pris pour le frottement des roues sur une irrégularité des rails. Et ce n'était pas du tout la lueur d'une allumette qu'il avait vue dans la pièce enténébrée de l'immeuble : elle avait été trop brève; en réalité, c'était l'étincelle du coup de feu, dont il avait maintenant le résultat sous les yeux.

Alors comme ça, on buvait, on faisait la bringue, et puis on s'amusait à tirer par la fenêtre sur les métros qui passaient? Eh bien, une petite condamnation pour homicide par imprudence leur ferait passer leur bonne humeur pour quelque temps.

« Dudley Wall, lut-il sur une enveloppe. Il habitait à Staten Island, comme moi. Pauvre gars... Bon, prenez-le par les pieds et aidez-moi à le porter dans la salle d'attente. » Comme le chef de train commençait à descendre l'allée à reculons, le corps entre eux, Marsh le rabroua : « Hé, pas si vite! Il va pas nous échapper! »

Pour plaire à Marsh, ils avancèrent alors à une allure d'escargot. Ils traversèrent le quai avec leur fardeau, l'allongèrent sur un banc près du guichet, puis Marsh entra avec l'agent et fit son rapport au téléphone.

Tandis qu'ils regagnaient leurs postes, le chef de train chuchota gravement au conducteur :

« Ce type-là a la maladie du sommeil, tu m'ôteras pas ça de l'idée! »

Ils repartirent, et les deux ou trois autres rames qui étaient restées bloquées derrière filèrent l'une après l'autre sans s'arrêter, afin de rattraper le temps perdu.

« Faut que je retourne à Desbrosses Street, déclara Marsh en ressortant. Vous, tenez-le à l'œil en attendant qu'ils arrivent. »

Il était sûr de pouvoir reconnaître la fenêtre de l'immeuble quand il la verrait, que les autres soient encore là ou non.

« Alors, il vous faut redescendre dans la rue, traverser et remonter de l'autre côté », expliqua l'agent, en se demandant ce qu'il attendait.

Marsh eut l'air horrifié.

« Et puis une fois arrivé, redescendre? Et grimper les trois étages de l'immeuble ? Je n'y arriverai jamais, je suis fourbu. Je vais longer la voie, c'est le seul moyen. C'est déjà assez pénible. »

Avec un profond soupir, il se dirigea à pas traînants vers l'autre bout du quai. Il descendit la courte échelle donnant accès à la voie et se mit en marche péniblement mais résolument, une main cramponnée à la rambarde.

« Attention aux rames ! » l'avertit l'agent.

Marsh ne répondit pas tout haut, c'était trop fatigant; il marmonna dans sa barbe :

« Pour une fois, je suis bien content d'être mince ! »

A mi-chemin entre les deux stations, il vit une rame qui arrivait sur lui à toute allure. Cette vision était terrifiante pour une personne n'ayant pas l'habitude de marcher sur les voies. Il se mit à tanguer dangereusement sur l'étroite passerelle, qui lui semblait large de quelques centimètres à peine. Conscient qu'il tomberait dans la rue ou s'évanouirait devant la rame s'il continuait à la regarder de face, il lui tourna sagement le dos, se cramponna des deux mains à la rambarde et fixa toute son attention sur les toits des immeubles, ignorant superbement la rame jusqu'à ce qu'elle l'eût dépassé. Elle faillit lui arracher sa veste au passage.

Il la suivit des yeux d'un air courroucé. « Quelle ville ! Les gens sont toujours pressés d'arriver ! » Il reprit sa progression laborieuse le long de la voie, plein de compassion pour ses pieds. Il espérait de tout son cœur que le canardeur de l'immeuble n'aurait pas de permis de port d'arme : ça aggraverait encore son cas.

Les deux moitiés du quai de Desbrosses Street lui apparurent, éclairées par en dessous comme la rampe d'une scène de théâtre. Ce devait être par là. Il se souvenait que la rame avait déjà quitté la station quand il avait tourné la tête pour regarder. C'était un immeuble en brique rouge sombre, mais ils étaient tous pareils. Sans escalier d'incendie. Voyons voir... il avait remarqué une pancarte sur la corniche de l'immeuble voisin, mais il ne se rappelait plus le côté. Ni ce qu'il y avait écrit dessus. Brusquement, il se retrouva en face d'elle; une vague impression de « déjà vu » lui apprit que c'était la bonne. Elle portait l'inscription : POISSON MARINÉ ET SALÉ, en grosses lettres de métal terni fixées séparément à la brique, dans le style des publicités du XIXe siècle. Il s'arrêta devant l'immeuble voisin. C'était certainement celui-ci. C'était par cette fenêtre grande ouverte qu'il les avait vus danser. Mais maintenant la pièce de derrière n'était plus éclairée. La fenêtre était sombre et vide, rien qu'un trou béant dans la façade.

Elle paraissait très proche, mais était en réalité beaucoup plus inaccessible que Marsh n'en avait eu l'impression par la fenêtre de la rame. L'espace était juste assez large pour faire une chute mortelle et le rebord était juste au-dessus de sa tête, maintenant qu'il était au niveau de la voie.

Marsh Trevitt avait le courage de ses opinions. Au lieu de descendre dans la rue et de prendre l'escalier de l'immeuble, il allait entrer par là, quitte à y laisser sa peau. Il regarda autour de lui avec détermination. On avait dû faire des travaux sur la voie : un petit tas de planches attendait de l'autre côté, juste en face de lui — mais avec deux rails de contact dans l'intervalle.

Il n'hésita pas un instant. Que représentait un rail de contact à côté de trois étages à monter? D'ailleurs, ils avaient des protections sur le dessus. Aucune rame en vue de ce côté; Marsh entreprit de traverser la première voie, en enjambant respectueusement le métal mortel. Et d'une ! Une rame venait de Franklin dans sa direction, mais elle était encore loin. Il avait tout le temps de faire l'aller-retour.

Arrivé sans encombre sur la passerelle opposée, il prit la planche du dessus et la fourra sous son bras. La rame était encore à une distance respectable, mais ses lumières devenaient de plus en plus vives. Marsh commença à rebrousser chemin, la planche se balançant sous son bras. Ce n'était pas tant le poids que la longueur qui le gênait. Il se sentait comme un funambule équipé d'un balancier trop long. Comme il ne la tenait pas exactement par le milieu, elle l'entraînait en avant. La rame grossissait à vue d'œil; Marsh n'avait pas prévu qu'elle parcourrait si rapidement la courte distance entre les deux stations. On apercevait déjà l'allée éclairée de la première voiture. Mais ce n'était pas le moment d'observer. Il leva un pied par-dessus le rail de contact, le posa de l'autre côté, tenta d'amener le second. Il refusa de venir. Marsh avait dû faire un mouvement dans le mauvais sens : le pied était coincé entre deux traverses.

Marsh ne fit rien pendant un quart de seconde, ce qui est souvent le parti le plus sage – et, en l'occurrence, celui qui lui convenait le mieux. Mais il ne restait plus beaucoup de secondes, ni même de quarts de seconde. Le rugissement de la rame s'amplifiait. Tout autre que Marsh, dans sa situation, aurait commencé par tirer à hue et à dia sur le pied récalcitrant... le coinçant irrémédiablement. Marsh Trevitt bougeait lentement mais réfléchissait vite. Il mit à profit ce quart de seconde pour tourner la tête vers l'objet du délit. Le talon était enfoncé dans l'espace entre les deux traverses; il devrait se dégager assez facilement si Marsh faisait ce qu'il fallait. Et ce n'était pas le moment de faire ce qu'il ne fallait pas. Marsh se tourna à demi, comme pour se mettre face à la rame. Ce mouvement libéra son pied, qui se décoinça sans difficulté. Il s'écarta à reculons de la voie mortelle à l'instant où la rame arrivait à sa hauteur dans un hurlement de freins un peu tardif. Il eut la présence d'esprit de dresser sa planche vers le ciel, comme un soldat présentant les armes, pour que la rame ne la fauche pas – et lui avec – au passage. Il eut l'impression que les voitures lui arrachaient la peau du nez.

Le satané convoi s'arrêta quelques mètres plus loin. Marsh n'attendit pas de savoir si c'était à cause de lui ou de la station suivante; il acheva de traverser la voie, tout honteux de ses genoux qui tremblaient.

« Rien que pour ça, gronda-t-il rageusement à la fenêtre impavide, je vous donnerai à chacun une bonne paire de baffes. Je trouverai bien un prétexte ou un autre! »

La planche enjambait exactement l'espace – mais elle était fortement inclinée, l'appui de la fenêtre étant plus haut que la rambarde du métro aérien. Ça ne le contraria pas trop vu la courte distance. Il prit la précaution de sortir son revolver, pour empêcher quiconque de faire sauter sa perche avant qu'il n'ait pu agripper le cadre de la fenêtre; mais il n'y avait eu jusqu'à présent aucun signe de vie dans la pièce. Ils cuvaient probablement leur alcool.

Il se hissa sur la rambarde, posa le genou sur la planche. Une minute plus tard, il rampait dans les airs, au-dessus du vide étroit mais très profond. La planche ploya un peu sous son poids, mais pas suffisamment pour quitter le rebord. Il agrippa de sa main libre le cadre en bois, enjamba la fenêtre et se retrouva dans la pièce.

Il poussa un soupir de soulagement. Pourtant, il n'aurait jamais voulu admettre que c'était là beaucoup d'ennuis pour éviter simplement de grimper un escalier. Il était comme ça. Pendant son exercice périlleux, à l'instant, il avait cru entendre des gens crier dans la rue. Ils avaient dû le prendre pour un fou.

Une rame passa à toute allure derrière lui à cet instant précis, lui éclairant gracieusement l'intérieur de la pièce, mieux qu'une lampe de poche. Elle eut un autre effet, à croire que toutes les rames, ce soir, lui en voulaient personnellement : elle heurta le bout de la planche, qui se brisa net et dégringola dans la rue. Du moment qu'il n'était pas dessus, Marsh s'en fichait un peu; de toute façon, il comptait redescendre par l'escalier. Il espérait seulement que les badauds, sur le trottoir, la verraient arriver à temps pour l'éviter. C'était probable, puisqu'ils regardaient en l'air.

Son attention fut attirée ailleurs : les lumières vacillantes de la rame, balayant les murs, lui montraient qu'il n'était pas seul dans la pièce.

La moitié de son gibier gisait sur le ventre en travers du lit. C'était la femme. A la voir allongée comme ça, les bras pendant d'un côté et les pieds de l'autre, elle devait tenir une bonne cuite. Marsh suivit des yeux le lumineux rectangle jaune de la dernière voiture, qui balaya à son tour trois des murs avant de filer dans la direction opposée à celle de la rame. Cela lui permit d'entrevoir un interrupteur près de la porte. L'immeuble, quoique décrépit, avait donc l'électricité. Il y eut un instant d'obscurité totale, puis la lumière fut.

Il se tourna vers la fille.

« Hé, vous! gronda-t-il. Où est le type qui était

avec vous tout à l'heure ? Debout, et répondez-moi avant que... ! »

Mais elle ne devait plus jamais répondre à personne. Quand Marsh lui souleva la tête, le trou noir sous l'œil gauche répondit pour elle. Il disait : Terminé ! La joue était toute grêlée de brûlures de poudre. Un as de carreau cramoisi marquait le couvre-lit blanc à l'endroit où la blessure l'avait touché. Marsh parcourut la pièce du regard. Pas de radio, aucun appareil de musique. Ils n'avaient donc pas dansé : elle s'était débattue contre la mort qui l'enlaçait. Le premier coup de feu l'avait manquée, atteignant le nommé Wall dans la première voiture de la rame; le second avait dû jaillir un quart de seconde après. Ils n'avaient pas été tués par la même balle : la fille avait encore la sienne dans la tête.

Marsh ne prit pas la peine de jouer les détectives, de fureter partout, ni même d'inspecter les autres pièces du petit appartement. Sa technique aurait ébahi un profane et horrifié une recrue de la police, mais elle n'aurait sans doute provoqué chez son supérieur qu'un haussement d'épaules résigné : « Ça, c'est tout Marsh. » Au lieu de se lancer à la poursuite du coupable tant que le crime était chaud, il se contenta d'attirer à lui un vieux rocking chair, de s'asseoir dessus et de rouler une cigarette. Après tout, ça l'avait beaucoup fatigué de marcher jusqu'ici; le reste pouvait attendre qu'il se soit reposé un peu. Cependant, de temps à autre, un clignement des paupières indiquait que tout n'était pas aussi calme à l'intérieur de sa tête qu'à l'extérieur.

Les mains de la femme semblaient le fasciner. Les extrémités des doigts touchaient le plancher, comme si elle voulait prendre appui pour se redresser. Il les prit et les examina de plus près.

Les ongles étaient vernis et soignés. Il retourna les mains, paume en l'air. La peau n'était pas rêche, ni rougie par la vaisselle et les travaux ménagers.

« Vous n'êtes pas de Greenwich Street, dit-il tout haut. Me demande de qui vous vous cachiez ? »

Une longue tige de cendre s'était formée au bout de sa cigarette; malgré la crasse de l'appartement, il chercha des yeux quelque chose où la mettre. Pas de cendrier en vue. De toute évidence, la morte ne fumait pas. Il secoua sa cendre par terre; ce faisant, son regard tomba sur une fente entre deux lattes du plancher. Un mégot était coincé dedans. Il le sortit à l'aide d'une épingle fixée à son revers. L'extrémité était encore humide. Marsh avait remarqué que la morte portait du rouge à lèvres. Or, ce mégot ne présentait pas la moindre trace de rouge. Pas à elle, par conséquent.

Il jeta la cigarette qu'il fumait, l'écrasa, puis renifla l'autre deux ou trois fois. Une senteur âcre remplaça aussitôt l'arôme de son tabac de Virginie habituel. Il approcha du mégot la flamme d'une allumette et tenta de tirer dessus sans vraiment le toucher des lèvres, en le tenant toujours avec l'épingle. Il dut aspirer très fort pour l'attiser. L'effet fut instantané : ses poumons le brûlèrent. Pourtant, ce n'était pas la fumée du papier qu'il inhalait, comme avec une cigarette ordinaire. Celle-ci s'échappait par les deux bouts. C'était les émanations de l'herbe qui la remplissait.

La marihuana – l'herbe des fous. Sans le faire exprès, il l'avait fumée exactement comme il fallait, sans la laisser entrer en contact avec les lèvres. Un rire niais, bruyant, le secoua soudain.

Le spectacle de la femme assassinée n'avait pourtant rien de drôle, mais il hurlait de rire. Il lâcha précipitamment le satané mégot, le piétina comme si c'était un serpent; puis il ouvrit la bouche et aspira une grande bouffée d'air pur. Le rire tonitruant devint gloussement, puis se calma. Marsh s'épongea le front et se dirigea d'un pas incertain vers la porte d'entrée de l'appartement.

En bas, dans la rue, le vacarme paraissait maintenant avoir centuplé. Marsh n'aurait su dire si c'était la réalité ou une simple illusion provoquée par le joint. Des sirènes hurlaient, des clochettes tintaient, des voix criaient – comme si toute une foule était rassemblée sur le trottoir.

Il ouvrit la porte de l'appartement : on n'y voyait pas à un mètre. Pas de lumière dans le hall. Il remarqua alors, au-dessus de sa tête, une bizarre tache brumeuse. En fait, *il y avait* de la lumière... mais l'immeuble était en feu. Il ne se trouvait pas dans l'obscurité mais devant un compact mur de fumée.

Un bon sprint dans l'escalier, sur-le-champ, lui aurait sans doute encore permis d'atteindre la rue. Mais on ne pouvait attendre de Marsh Trevitt – surtout après plusieurs bouffées d'une cigarette droguée – un bon sprint dans quelque direction que ce fût, vers le haut ou vers le bas. Il se détourna en toussant et réintégra à pas traînants l'appartement, en refermant la porte sur l'enfer extérieur.

Pour être juste, ce n'était pas simplement la paresse et la force d'inertie qui, cette fois, le clouèrent sur place. Des centaines d'hommes, lors de centaines d'incendies, sont restés sur les lieux pour sauver des flammes des personnes vivantes. En revanche, très peu sont restés pour emmener avec eux une femme déjà morte. Or, c'était précisément ce que Marsh voulait faire. Le cadavre était son *corpus delicti* et il n'avait pas l'intention de le laisser cramer.

Un incendie qui se déclare dans un immeuble où un meurtre vient d'être commis, c'est une trop grande coïncidence. C'était le meurtrier qui avait mis le feu dans l'espoir de faire disparaître toute trace de son crime. « Et s'il fumait cette cochonnerie de mégot, se dit Marsh, il ne s'est sûrement pas inquiété de savoir si d'autres personnes habitaient l'immeuble. »

Il ramassa une seconde fois le mégot – avec l'épingle – et l'empocha. Puis il enveloppa la femme dans le couvre-lit marqué de l'as de carreau, comme un paquet de linge, et se dirigea vers la porte avec son fardeau. Les plombs sautèrent au moment où il cherchait à tâtons la poignée. La pièce fut plongée dans l'obscurité.

Quand il parvint enfin à ouvrir la porte, une faible lueur rougeâtre montait de la cage d'escalier. Il n'aurait pas demandé mieux que de passer par là, mais il n'y avait plus de quoi respirer : juste une chaleur insupportable et une fumée suffocante. Des flammèches jaunes se mirent à jaillir, comme des soldats armés de baïonnettes grimpant l'escalier au pas de charge. Il battit en retraite dans l'appartement, toussant et crachant, les yeux pleins de larmes. Malgré tout, il se cramponnait solidement à la femme, comme si c'était un être aimé et non une inconnue dont il avait par hasard découvert le cadavre.

La pièce était maintenant remplie de fumée, comme le hall tout à l'heure. Il parvint néanmoins à se frayer un chemin jusqu'à la fenêtre. Il ne perdit pas la tête, ne paniqua pas. Ça, c'était bon pour les femmes ou pour les rustres en bretelles, piégés au dernier étage d'un immeuble en feu. « De toute façon, grogna-t-il, je ne suis pas entré par la porte. » Malgré tout, cette activité musculaire qu'il lui fallait déployer le rendait furieux. « Je devrais être chez moi depuis longtemps, les pieds dans mes pantoufles... » pensait-il en essayant de faire signe par la fenêtre à la foule qu'il entendait mais ne voyait pas, en bas dans la rue.

La fumée qui montait en tourbillons des fenêtres du dessous la cachait à sa vue et réciproquement. Elle formait entre eux une couverture épaisse – mais pas de celles dans lesquelles il fait bon sauter. Ils avaient certainement installé la grande échelle, à présent. On pouvait espérer qu'ils feraient quelque chose pour aider un type à descendre, qu'ils le voient ou non. Quelqu'un avait bien dû le repérer pendant qu'il grimpait...

Même s'il avait encore eu la planche, il n'aurait pu s'en servir pour repartir. Non seulement le cadavre le gênait mais il avait les poumons et les yeux complètement obstrués par cette maudite fumée noire : il n'y serait jamais arrivé. De nouveau, il s'imagina les pieds dans ses pantoufles, et cela lui donna une idée. Posant la femme sur l'appui de la fenêtre, il se baissa pour délacer une de ses chaussures. Il lui fallut environ quarante-cinq secondes pour défaire le nœud et se déchausser – score remarquable pour lui. Puis il brandit sa chaussure et la lança dans la fumée. Si elle heurtait quelqu'un, on aurait peut-être l'idée de se dire que les chaussures ne jaillissent pas comme ça d'un immeuble en feu, à moins qu'il n'y ait un être vivant à l'intérieur.

Elle heurta quelqu'un. Au moment même où Marsh la lâchait, l'extrémité d'une grande échelle émergea du marais tourbillonnant. Un pompier casqué, agrippé aux barreaux comme un singe, reçut le soulier en plein sur le nez et faillit voltiger dans l'espace. Il battit l'air frénétiquement, les bras en hélice, rattrapa l'échelle juste à temps et reprit son ascension – affligé d'un petit saignement de nez pour couronner le tout. Marsh avait rarement entendu un tel déluge de gros mots.

« Oups ! murmura-t-il d'un air contrit. Comme quoi ça ne paie pas d'être trop pressé. Je l'ai toujours dit. »

Le pompier s'essuya la bouche, grogna :

« Allez, enjambez, le toit va s'effondrer d'une minute à l'autre. »

Il se trouvait au niveau des yeux de Marsh, à l'extérieur de la fenêtre. La pièce était sur le point d'éclater de chaleur; on entendait craquer les lattes du parquet.

Marsh souleva le cadavre emmitouflé et le fourra dans les bras de l'avaleur de fumée.

« Tenez-la bien et prenez-en soin, dit-il en toussant. Elle est précieuse. Allez-y, je vous suis. »

Cramponné à l'échelle par les jambes, le pompier chargea le fardeau sur son épaule, le bloqua de son bras et commença à descendre. Marsh enjamba l'appui de la fenêtre à reculons. Dehors, la fumée était encore plus dense qu'à l'intérieur : il ne voyait plus l'échelle. Un halo argenté, tout autour de lui, indiquait qu'on braquait un projecteur vers le haut, mais la lumière n'arrivait pas à pénétrer la masse compacte et tournoyante. Il trouva un échelon en tâtonnant de son unique pied chaussé, caressa l'air jusqu'à ce que sa main rencontre enfin l'un des montants invisibles; puis il répéta l'opération. Essayez donc, un jour.

Il resta un moment immobile, le temps de tirer sur le col de sa veste pour s'encapuchonner la tête. Puis il descendit lentement, sourd, aveugle, desséché, aspirant l'air par petites bouffées à travers la laine. Il descendit dix étages, vingt, cinquante – et le trottoir ne venait toujours pas à sa rencontre. Il se dit que l'immeuble devait être l'Empire State Building camouflé. A un moment donné, il passa à travers le jet d'eau délicieusement fraîche d'une lance et fut tenté de rester dedans tellement c'était bon. Alors qu'il commençait à se demander sérieusement si l'échelle ne s'élevait pas à mesure qu'il descendait – ce qui aurait expliqué pourquoi il n'aboutissait nulle part –, des mains le saisirent aux chevilles et aux épaules et le déposèrent sur la terre ferme, un mètre plus bas.

« Mon vieux, dit patiemment le chef des pompiers, puisque vous vous sentiez d'attaque pour descendre tout seul, vous n'auriez pas pu aller un *tout petit peu* plus vite ? Je suis un homme très nerveux. »

Marsh libéra sa tête recouverte du veston, embrassa les jointures de ses doigts, se pencha et les frotta contre le trottoir de Greenwich Street. Puis, se redressant, il protesta :

« Je n'ai jamais été aussi bousculé que pendant cette dernière demi-heure ! »

Il leva les yeux vers l'immeuble dont les contours, çà et là, commençaient à émerger du brouillard de fumée.

« Nous avons enrayé l'incendie pendant la demi-heure que vous avez passée au troisième étage, le renseigna le chef en se détournant. Et nous l'avons définitivement maîtrisé durant les... euh... quarante-cinq minutes qu'il vous a fallu pour descendre. Un officier fédéral est en ce moment sur les lieux pour l'enquête... »

L'évaluation relevait peut-être davantage du sarcasme que de la réalité mais donnait une idée de l'impression que faisait Marsh sur ceux qui le rencontraient pour la première fois.

« Dites-lui de ma part qu'il s'agit d'un incendie criminel, dit Marsh. Il n'en trouvera peut-être aucune preuve, mais le fait n'en demeure pas moins.

– Un pyromane, à votre avis ?

– Pire que ça : un meurtrier. Le pyromane est un malade, un irresponsable. En l'occurrence, le chacal savait parfaitement ce qu'il faisait; avant d'agir, il s'était drogué à la marihuana pour faire taire sa conscience. » Il indiqua le cadavre allongé sur la civière. « Cette femme a été tuée un bon quart d'heure avant le début de l'incendie. J'ai tout vu. Je suis l'inspecteur Marsh Trevitt, du 42ᵉ commissariat. »

Le chef des pompiers marmonna quelque chose du genre : « Vous êtes peut-être inspecteur, mais pour ce qui est de marcher vite... » Il fut cependant assez diplomate pour rendre ses paroles inintelligibles. A voix haute, il reprit :

« Comment se fait-il que l'assassin ait filé, si vous étiez là ?

– Je n'étais pas dans la pièce même, j'ai entrevu la scène par une fenêtre du métro aérien ! Allez dire à votre enquêteur de ne pas s'enquiquiner à chercher des chiffons imbibés d'essence. Le type n'a pas eu le temps de préparer son coup; il a dû simplement mettre le feu à des journaux en dégringolant l'escalier. Y avait-il un concierge dans cette ruine ?

– Il est avec la foule, derrière le cordon, de l'autre côté de la rue. Va lui montrer le gars, Marty. »

Boitant sur son pied déchaussé, Marsh suivit le pompier qu'il avait failli assommer avec sa chaussure – laquelle avait d'ailleurs disparu – et se glissa sous la corde, près d'un petit homme grisonnant, en sueur. Histoire de le terroriser davantage, Marsh lui montra son insigne et s'enquit, tout en parcourant des yeux la foule qui les encerclait :

« Qui était la femme du dernier étage ?

– As-surances ? bredouilla l'homme terrifié.

– Non, police. Alors ?

– Smiff. Miss Smiff. »

Marsh grogna. De toute façon, ça n'avait pas grande importance : il avait bien pensé qu'elle se cachait.

– Elle habitait ici depuis combien de temps ?

– Dix jours.

– Elle avait des visites ? Vous avez vu quelqu'un ?

– Personne. Elle sortait même pas ; ma femme lui portait à manger. »

Sacrément effrayée, se dit Marsh. Ça ne l'avait pas sauvée pour autant.

« Etiez-vous dans l'immeuble, juste avant l'incendie ? Avez-vous entendu quelque chose ? Des détonations ? Des cris ?

– Rien du tout, le métro faisait trop de bruit. Juste entendu un gars rigoler en descendant l'escalier, comme si on lui en racontait une bien bonne. L'a pas arrêté de rigoler jusqu'en bas... »

La marihuana, évidemment, songea Marsh. Deux petites bouffées avaient suffi à déclencher malgré lui son hilarité. A ce compte-là, les effets d'un joint entier devaient durer des heures. Marsh fit signe à l'un des flics qui retenaient la foule derrière la corde et se présenta. Maintenant qu'on avait évacué l'immeuble et maîtrisé l'incendie, l'excitation faiblissait : d'ici quelques minutes, les badauds commenceraient à se disperser. Les rames du métro aérien, qui étaient restées bloquées à Desbrosses Street au plus fort du sinistre, recommençaient à circuler, mais l'accès de la rue était encore interdit aux voitures.

« Combien êtes-vous à surveiller? demanda Marsh à voix basse au flic.

– Moi et un collègue, à l'autre bout.

– A vous deux, pensez-vous arriver à contenir les badauds encore deux minutes?

– C'est ce qu'on fait, répliqua le flic, vexé. Est-ce que vous voyez quelqu'un au milieu de la rue?

– Non, vous ne m'avez pas compris. Pourriez-vous tendre une autre corde de chaque côté pour les retenir ici encore un moment, les empêcher de s'en aller avant que j'aie eu le temps de les passer en revue?

– Je n'ai aucun droit de les retenir tant qu'ils n'entravent pas le fonctionnement des pompes...

– J'en prends la responsabilité. Je cherche un criminel et j'ai de bonnes raisons de penser qu'il est ici même, en train de se repaître du spectacle. Les pyromanes sont connus pour avoir cette manie, et les meurtriers aussi quand ils se croient assurés de l'impunité. Quand un type est les deux à la fois, la tentation doit être deux fois plus forte! »

Engueulez-moi un bon coup, ajouta-t-il sans transition, pour qu'on ne s'étonne pas trop de me voir parler avec vous.

Le flic brandit son bâton vers lui en braillant :

« Allez, reculez! Cette corde n'est pas là pour les chiens! Reculez, sinon... »

Marsh battit peureusement en retraite et se fraya à coups de coude un chemin dans la foule compacte qui encombrait l'étroit trottoir. Il fit cela aussi lentement qu'il faisait toute chose, comme un badaud cherchant un meilleur poste d'observation. De temps à autre, il jetait un coup d'œil vers l'immeuble carbonisé – ou ce qu'on pouvait en voir sous l'ombreuse superstructure du métro aérien qui partageait horizontalement la rue. Des torches électriques clignotaient au fond du hall tandis que des pompiers entraient et sortaient, silhouettes estompées par la fumée qui flottait encore.

Il n'y avait cependant pas suffisamment de fumée dans l'air – à plus forte raison si près du sol – pour provoquer une quinte de toux incoercible. Comme celle qui secouait cet individu, juste devant lui, un mouchoir pressé sur la bouche. Marsh lui-même avait inhalé autant de fumée que n'importe qui et ses poumons fonctionnaient de nouveau normalement. Il s'approcha discrètement du tousseur, en diagonale, en restant face à l'immeuble incendié. Les spasmes se calmaient, et l'homme baissait son mouchoir; puis ça le reprenait, et il le portait de nouveau à sa bouche en crachant tout ce qu'il savait. Marsh se trouvait maintenant à côté de lui.

Quand une personne est prise d'une quinte de toux, deux façons de la soulager viennent aussitôt à l'esprit : lui apporter un verre d'eau ou lui donner une bonne claque dans le dos. N'ayant pas d'eau à proposer, Marsh choisit la seconde méthode. Il frappa l'homme entre les omoplates. Une seule fois, pas plusieurs; et pas assez fort pour que ça serve.

« Je vous arrête, dit-il sans préambule. Suivez-moi. »

Cette fois, le mouchoir tomba par terre.

« Moi ? En quel honneur ?

– Vous, oui, dit Marsh avec lassitude. Pour

deux meurtres et un incendie criminel. N'ayez pas peur de rire franchement. Plus la peine de faire semblant de tousser. C'est ça qui vous a trahi : quand on a fumé de la marihuana, on peut pas s'empêcher de rire... Mais, en général, on ne rit pas en observant un incendie. D'autre part, vous ne seriez pas resté là, en plein dans la fumée, si vous aviez vraiment eu une quinte de toux. Maintenant, montrez-moi où vous vous êtes débarrassé du revolver avant de revenir ici; après quoi, nous prendrons un taxi. Je ne demanderai pas à mes pieds de faire un pas de plus ce soir. »

Son prisonnier eut un accès d'hilarité incontrôlable, puis haleta :

« Jamais je ne suis entré dans cet immeuble... »

Le fou rire le reprit.

« Je vous ai vu par la fenêtre d'une rame de métro », dit Marsh en le poussant lentement devant lui à travers la foule. Il savait que la drogue avait un effet soporifique, qui obscurcissait l'esprit. « Elle était venue nous demander protection parce qu'elle craignait d'être assassinée; on ne la quittait pas d'une semelle. Vous pensiez vraiment vous en tirer comme ça ?

– Alors pourquoi elle a vendu Plucky, au procès ? Elle savait ce qu'elle risquait. Il a envoyé la consigne...

– Ah ! le procès pour mœurs ! Elle était l'un des témoins ? Je comprends. » Marsh claqua la portière du taxi. « Merci pour le tuyau. A présent, je sais qui elle était, qui vous êtes et pourquoi on l'a tuée. En fin de compte, la marihuana a du bon. Pas beaucoup, mais quand même un peu. »

Quand il descendit du taxi avec son gibier, quatre blocks plus loin, devant le commissariat de Franklin Street, il ordonna au chauffeur :

« Klaxonnez jusqu'à ce qu'ils sortent de là. »

C'est ainsi que ses collègues trouvèrent l'inspecteur Marshall Trevitt assis sur la première marche de l'escalier du poste de police, son prisonnier à côté de lui.

« Les gars, dit-il sur un ton d'excuse, voilà votre homme. Et si vous voulez que je remonte là-haut, je vous demanderai de me faire une chaise avec vos mains et de me porter. Je suis absolument éreinté ! »

GUET-APENS

(The Number's Up, 1959)

C'ÉTAIT une voiture apparemment capable de se mouvoir sans le moindre bruit. Sans doute était-ce une illusion; certainement même, étant donné la nature des moteurs à combustion interne, celle des pneus, des freins et des leviers de vitesse, et aussi la nature du revêtement de la chaussée. Pourtant, devant l'entrée de l'hôtel, l'illusion était complète. Cette massive carrosserie paraissait équipée d'un silencieux semblable à ceux que l'on fixe à des armes automatiques pour assourdir les détonations. Au début, l'endroit était désert. Puis, telle une grotesque gondole glissant sur l'eau, cette imposante silhouette noire émergea des ténèbres, issue de nulle part. Et soudain, toujours sans un son, elle s'immobilisa, en faction.

Bien qu'elle fût visible, tout en elle évoquait une voiture fantôme : son approche et son arrêt silencieux, son absence de lumières, son intérieur occulté – qui empêchait de déterminer (à moins de baisser la tête et de coller le nez contre la vitre) si elle était occupée et, si oui, par qui et par combien de personnes.

On l'imaginait filant à toute allure au cœur de la nuit sur un chemin de campagne cerné d'ombres, tous feux éteints, impénétrable, anonyme, pour s'arrêter enfin près d'un bouquet d'arbres ténébreux, traîner là un moment, inaperçue, puis repartir en souplesse, son inexplicable mission accomplie sans témoins, sans suites. Voiture fantôme qui, en des temps plus reculés, aurait alimenté le folklore et les légendes rurales. Ou bien on l'imaginait, en ville, glissant sournoisement le long de l'entrepôt obscur, sinuant et se tortillant dans son terrible silence, puis, au moment d'émerger de la ruelle, s'arrêtant furtivement et restant là aux aguets, invisible dans les ténèbres. Restant là de longues heures aux aguets, énorme fauve à carapace de métal attendant de fondre sur sa proie.

Le soudain éclat jaune des crocs, un brusque demi-tour, et elle s'en retournait furtivement dans l'anonymat, comme elle était venue, abandonnant la carcasse de sa proie, morte.

Qui le saurait ? Qui pourrait témoigner ?

Même chose en cet instant, devant l'entrée de cet hôtel. Elle était déjà en faction, elle s'était déjà arrêtée.

Ensuite, rien ne se passa.

D'ordinaire, quand une voiture s'arrête, quelqu'un en descend. C'est pour ça qu'elle s'est arrêtée. En l'occurrence, elle resta simplement là, comme s'il n'y avait personne dedans, comme s'il n'y avait jamais eu personne dedans.

Puis la forme pâle et floue d'une main, comme vue à travers une épaisse glace fumée, apparut à la vitre et descendit lentement, comme une moule décolorée plongeant dans un réservoir d'eau boueuse. Avec elle s'abaissa la ligne invisible d'un store. La main s'arrêta un peu au-dessus du bord inférieur et disparut de nouveau. La ligne du store resta où on l'avait laissée.

Le guet avait commencé. Le guet-apens.

Au bout d'un petit moment, un jeune homme arriva dans la rue d'un pas tranquille, inconscient du guet. L'hôtel dont la voiture fantôme avait fait son rendez-vous était doté d'une marquise en verre fêlé qui saillait au-dessus du trottoir. Des ampoules nues étaient disposées sur le pourtour, à l'intérieur, mais elles brillaient seulement en dedans car le rebord extérieur était opaque. Lorsque le jeune homme, émergeant de l'obscurité de la rue, s'engagea sous ce panneau de lumière, ce fut comme si un rideau se levait devant son visage. Il fut soudain éclairé de la tête aux pieds, comme par un projecteur.

Dans la voiture, l'ombre trouva son souffle et chuchota :

« C'est lui ? »

Et l'ombre répondit à l'ombre, dans un murmure :

« Ouais. Même carrure. Mêmes cheveux clairs. Costume gris. Et c'est l'hôtel indiqué. »

L'ombre se dressa vivement, mais l'autre ombre la retint d'une voix sifflante :

« Attends, il veut aussi la fille. La fille avec, il a dit. Laisse-lui le temps de la rejoindre. »

Le jeune homme obliqua et entra dans l'hôtel. Les quatre panneaux vitrés de la porte à tambour se brouillèrent et le firent disparaître.

Un instant encore, les ombres malfaisantes retinrent leur souffle. Puis l'une dit, non plus dans un murmure mais d'un ton coupant comme la lame d'un stylet :

« Vas-y. Renseigne-toi sur le numéro de la chambre. En finesse. »

L'employé de la réception leva les yeux de sa feuille de pronostics et vit devant lui un jeune homme désinvolte, coiffé d'un feutre mou, un coude appuyé sur le bureau. Depuis combien de temps il était là, impossible de le dire. Peut-être venait-il d'entrer. Peut-être était-il là depuis trois ou quatre minutes. Voitures fantômes, arrivées fantômes, départs fantômes.

« Désirez quelque chose ? » dit l'employé de la réception.

Le type appuyé sur un coude hocha languissamment la tête mais ne dit rien.

« Quoi ? » s'enquit l'autre.

Le type accoudé contempla ses ongles, souffla dessus et les frotta contre le revers de sa veste.

« Le gars qui vient d'entrer... Vous avez une idée de son numéro de chambre ?

– Attend-il... ?

– Non. » Le jeune homme ouvrit la main. Un billet de cinq dollars, tout froissé, tomba sur le bureau et se déplia lentement. « Il a perdu ça devant la porte à l'instant. J'étais là. Je m'suis dit qu'il voudrait peut-être le récupérer.

– Vous voulez le lui monter ?

– Non. Je vous laisse ce soin. J'suis pas contrariant. »

Le type accoudé jouait machinalement avec un de ses boutons de manchette.

Une expression de connivence apparut sur le visage bouffi de l'employé. Sans remuer les lèvres, ce qui donna à ses paroles un accent furtif, il dit :

« Je le porterai tout à l'heure au 116 de votre part.

– Jouez Streakaway demain dans la troisième. »

Le billet de cinq dollars avait disparu.

Le jeune homme désinvolte au feutre mou aussi.

Il frappa, parce qu'ils n'avaient qu'une clef pour deux. Sur la porte, le numéro 116, tout terni, oscilla lorsqu'elle lui ouvrit. Ils s'embrassèrent, puis elle dit :

« Mon dieu, comme j'ai eu peur ici toute seule. J'ai cru que tu ne reviendrais jamais ! »

Elle avait des cheveux lissées coupés court, avec une raie sur le côté, et elle portait une robe droite qui lui arrivait au genou. La taille était marquée au niveau des hanches.

« Tout est réglé, dit-il d'un ton apaisant. Les places sont réservées...

– Tu es sûr qu'il n'arrivera rien ce soir ? bredouilla-t-elle. Tu es bien sûr qu'il n'arrivera rien ce soir ?

– Rien du tout. N'aie pas peur. Je suis là, avec toi.

– Nous aurions dû aller à la maison, chez maman. Je m'y serais sentie plus en sécurité. Dans des moments pareils, une femme aime pouvoir s'appuyer sur une autre femme dans son genre. Un homme ne peut pas comprendre ça.

– N'aie pas peur, répétait-il. N'aie pas peur. »

Un coup à la porte, adroitement dosé. Pas trop fort, pas trop sec, pas trop insistant. Comme n'importe quel coup à la porte.

Ils desserrèrent leur étreinte et tournèrent simultanément la tête dans cette direction.

« Je me demande qui c'est, dit-il, perplexe.

– Aucune idée », dit-elle, placide.

Il alla ouvrir. Aussitôt, deux hommes firent

irruption dans la pièce et refermèrent la porte. Le tout sans un bruit.

« Allez, Jack, dit l'un. Gentil, relax.

– Gentil, relax, dit l'autre.

– Vous devez faire erreur.

– Non, on fait pas erreur. On s'en est assurés.

– On s'en est assurés, dit l'autre.

– En tout cas, je ne vous connais pas. Je ne vous ai jamais vus.

– Nous idem. On ne t'a jamais vu non plus. Mais on connaît quelqu'un qui te connaît bien, lui.

– Qui ?

– On te le dira en bas. Maintenant, viens. Prends ton chapeau, ça fait mieux. »

La fille les regardait l'un après l'autre, comme la spectatrice effrayée d'un match de tennis macabre où l'on ne joue pas pour le sport.

« Vous faites peur à ma femme. Dites-nous une bonne fois ce que...

– Sa femme ! T'as entendu ça ? « Marie couche-toi là », on l'appelait, et ce type prétend que c'est sa femme. Tu parles d'un jobard ! »

D'un geste vif, la fille retint le bras de l'homme – de son homme.

« Non. Leur allure ne me plaît pas. Je t'en prie, pour moi, ne fais pas ça.

– T'as de la jugeote, femme, dit l'un.

– Ecoutez, si c'est de l'argent que vous voulez... Nous n'en avons pas beaucoup, mais... tenez. Maintenant, allez-vous-en et laissez-nous tranquilles. »

L'un d'eux frappa brutalement la main tendue et les billets se répandirent comme un bouquet éclaté. D'une voix épaisse, pâteuse, il grogna :

« Aââllez, dehors. » Il leva le bras en un geste menaçant. « En route. T'entends pas bien ?

— Pas bien ? dit l'autre.

— Voilà qui va t'aider. »

C'était un revolver. On n'en voyait pas grand-chose; juste une partie de la crosse qui dépassait de sa poche. Mais avec un doigt replié dessous, en position.

« Pas un cri, dit l'autre à la fille, d'une voix sans timbre. Pas un cri, ou tu le regretteras ! »

Elle frissonna, comme si elle dansait.

« Non.

— Allons-y, dit l'autre à l'homme. Tu vas marcher près de moi, comme ça. Tout contre moi, tout près, gentil. Copain-copain. »

Ils sortirent deux par deux. Amicalement pressés l'un contre l'autre, de l'épaule à la hanche, comme un quatuor d'ivrognes sortant d'un bar à sept heures du matin.

« Où vous nous emmenez ? demanda-t-il dans l'ascenseur qui descendait.

— Faire une petite promenade. »

En 1929, cette expression n'avait pas encore de signification sinistre. Elle voulait simplement dire ce qu'elle semblait vouloir dire.

« Mais pourquoi à cette heure-ci ?

— La ferme. »

Ils franchirent avec un maximum de discrétion la courte distance séparant l'ascenseur de la rue. L'employé de la réception évita soigneusement de lever les yeux. Il était absorbé — extrêmement absorbé — dans sa feuille de pronostics.

Ils contournèrent la voiture et installèrent la fille à l'avant, à côté de l'homme qui était déjà au volant. Lui, ils le firent monter derrière; après quoi ils s'assirent chacun d'un côté et le coincèrent entre eux sur la banquette. Tout cela en douceur, sans à-coup, sans accroc, sans le moindre flottement.

Et brusquement, comme dans un rêve, la rue, devant l'entrée de cet hôtel, fut de nouveau déserte, aussi déserte qu'elle l'avait été plus tôt cette nuit-là. La voiture avait disparu. Elle était repartie comme elle était apparue, silencieuse, fantomatique. Véritable spectre de la nuit.

Mais elle avait été là. Elle avait amené trois personnes et en avait remmené cinq. Ça, ce n'était pas une illusion.

La promenade avait commencé.

Les enseignes lumineuses des théâtres et des cinémas semblaient se dresser dans le ciel à toutes sortes d'angles bizarres, sans doute parce que la plupart étaient plantées en diagonale sur les toits. *Follow Thru, Whoopee, Show Boat, El Fay Club, Club Richman, Texas Guinan's.* La ville donnait l'impression d'être de guingois.

La voiture fila entre des rangées d'hôtels particuliers (dont chacun abritait au rez-de-chaussée un bar clandestin) jusqu'à la 11e Rue, qui n'avait pas encore de feux de circulation. Y passaient seulement de rares voitures de laitier et des chariots de marchandises, car elle ne rejoignait aucune route et se terminait en cul-de-sac à la 72e Avenue, sans la moindre rampe d'accès. Ils la descendirent de l'autre côté, vers Canal Street et le Holland Tunnel, bâti deux ans auparavant, merveille technique de cette décennie.

Tandis qu'ils dépassaient d'interminables convois de wagons de marchandises stationnés à New York Central, la fille parla soudain :

« Arrêtez... Non, je vous en prie, arrêtez. Je vous en prie, laissez-moi tranquille.

— Qu'est-ce qu'il te fait ? » dit vivement une voix à l'arrière.

L'homme au volant répondit pour elle :

« J'arrange juste un peu sa jupe. »

Les deux autres rirent. Ce n'était même pas un rire obscène. Il était trop froid, trop cruel pour ça.

Arrivé à l'entrée du tunnel, le conducteur ralentit. Alors qu'il baissait sa vitre pour régler le péage, la fille arracha brusquement sa montre et la lança sur le flic de garde, en pleine poitrine.

Il la rattrapa vivement d'une main, pour l'empêcher de tomber.

« Hé! A quoi ça rime? demanda-t-il, en riant avec jovialité.

– Ma petite amie que voilà disait justement qu'à partir de maintenant elle ne voulait plus savoir l'heure. C'est sans doute sa façon de le prouver. »

La fille se trémoussa un peu, comme si elle avait le bras pris dans un étau derrière le dos; mais elle ne dit rien.

D'une pichenette, le flic renvoya la montre dans la voiture.

« Vous revenez d'une soirée, les gars?

– Non, on y va.

– Amusez-vous bien.

– C'est notre intention. »

Alors qu'ils prenaient de la vitesse et que les carreaux blancs défilaient à toute allure, le conducteur frappa férocement la fille sur la bouche du revers de la main.

Elle poussa un cri perçant, qui se perdit dans le rugissement du tunnel. Sur la banquette arrière, l'homme qui se disait son mari eut un mouvement spasmodique, mais les deux revolvers pressés contre ses reins, de chaque côté, faillirent se rencontrer tellement ils s'enfonçaient loin.

Sortis du tunnel, ils se retrouvèrent sur le sinistre quai de déchargement de Jersey City. Grandes cheminées d'usine, foyers rougeoyants, vastes nappes d'eau stagnante et fétide.

Et la promenade continua. Encore et toujours.

Ils tournèrent bientôt au nord, laissant derrière eux la grande cité et tous ses petits satellites. Au bout d'un moment, même la lueur rouillée à l'horizon déclina et disparut. Alors apparurent des arbres, puis de petites collines onduleuses, et il ne resta plus que les ténèbres, la nuit et la peur.

« Don », dit-elle en frissonnant.

Brusquement, elle tendit le bras par-dessus son épaule pour tenter de trouver sa main.

« S'il vous plaît, laissez-moi lui prendre la main, supplia-t-il. Elle a peur.

– Laissez-les se tenir par la main », ricana l'un d'eux.

Ils restèrent ainsi les mains unies par la peur, deux contre la nuit.

« Elle m'a appelé Don, reprit-il. Vous ne l'avez pas entendue? Don, c'est mon prénom. Don Ackerman.

– C'est ça. Et moi, je suis Ricardo Cortez », répliqua l'un d'eux, avec cette insolence si caractéristique de l'époque qu'elle se manifestait même lors d'une promenade sans retour.

La promenade continuait toujours.

A un certain moment, il perdit un instant son sang-froid :

« Seigneur! s'écria-t-il. Jusqu'où nous emmenez-vous?

– Ne sois pas trop pressé d'arriver, lui conseilla sèchement son voisin de gauche. A ta place, je le serais pas. »

De nouveau, un peu plus tard :

« Ne voulez-vous pas me dire le nom de ce type pour qui vous me prenez? Ne puis-je vous convaincre?...

– Alors quoi, tu sais pas comment tu t'appelles?

— Mais qu'est-ce que j'ai fait ?

— Nous, on sait rien. Tu es flambé, c'est tout. On exécute simplement les ordres.

— Oui, mais quels ordres ? » s'exclama-t-il dans son innocence.

Et la réponse, sinistre :

« Oooh, mes aïeux ! »

Puis, sans avertissement, la voiture s'arrêta. Ils étaient arrivés.

« Terminus, dit quelqu'un. Tout le monde descend. »

Pendant un moment, personne ne bougea. Ils restèrent tranquillement assis. Le conducteur coupa le contact, et ce fut le silence. Un silence total, inquiétant, plus effrayant que le bruit le plus menaçant. Un silence nocturne. Un silence de mort.

Puis l'un des hommes ouvrit la portière, descendit et s'éloigna lentement de la voiture, piétinant les herbes hautes qui bruissaient et craquaient sous ses pas. Les autres restèrent où ils étaient.

A quelque distance se dressait une vieille ferme décrépie au toit en pente. Elle était visiblement abandonnée : ses fenêtres étaient des trous noirs sans carreaux. Derrière se trouvait une baraque plus petite, genre cabane à outils ou appentis, si près de s'effondrer qu'elle était presque à ras de terre. Il ne s'approcha ni de l'une ni de l'autre; il les contourna par l'arrière en décrivant un large cercle.

Les quatre autres restèrent assis en silence. L'un d'eux fumait une cigarette. Ça ne faisait aucun bruit; juste une petite lueur rouge quand il tirait une bouffée.

Finalement, le conducteur tendit la main vers l'avertisseur. Un coup de klaxon retentit, solitaire, guttural. Plus bref qu'un point d'interrogation, saccadé comme l'espace d'une demi-seconde. Il s'amplifia, délivrant son message dans l'air nocturne : Alors, qu'est-ce qui te retient si longtemps ? On en a assez d'attendre.

Le promeneur revint vers la voiture.

« Ouais, dit-il, c'est là.

– C'est ce qu'il nous avait dit, fut la réponse sardonique. Tu le croyais pas ? »

Les deux autres descendirent, chacun avec un prisonnier.

« Bon. Toi et moi, on va par là, dit le gardien de la fille.

– Non ! Don ! hurla-t-elle d'une voix déchirante. Doooooon ! »

Le sourire de l'homme était mince comme une balafre en travers de son visage.

« On va s'occuper de Don. T'inquiète pas pour Don. »

Il la saisit brutalement par les avant-bras et resserra son étreinte à la manière d'un étau, les lèvres pâles et crispées, comme si la force de constriction provenait de sa bouche et non de ses mains. Il poussa devant lui la silhouette qui titubait d'un côté et de l'autre, ivre d'épouvante. Pendant qu'elle se débattait, ses cheveux ondoyaient et dansaient, comme animés d'une vie propre. Bientôt les ténèbres les engloutirent tous deux – mais pas les bruits qu'ils faisaient.

Don se mit à crier à son tour, paniqué, affolé, tendu en avant comme un possédé.

« Laissez-la ! Laissez-la ! Oh ! s'il y a un Dieu là-haut, pourquoi n'arrête-t-il pas ce cauchemar ? »

Sa voix paraissait sur le point de se briser. Son visage se crispa comme pour pleurer, mais les larmes ne coulèrent pas.

Le gardien de la fille revint seul, époussetant

d'un air désinvolte ses vêtements couverts de feuilles et de brindilles.

« Où est-elle ? lui demandèrent-ils.

– Là où je l'ai laissée. » Il ajouta : « Vous voulez jeter un coup d'œil ?

– Je crois que je vais aller jeter un coup d'œil », approuva l'un d'eux avec un sourire plein de sous-entendus.

Mais il revint presque aussitôt. Son attitude avait changé : il paraissait mécontent, comme si on lui avait posé un lapin.

« Où est-elle maintenant ? demanda l'autre.

– Au même endroit.

– Qu'est-ce qui cloche ? »

Il dit à voix basse quelque chose que le nommé Don ne put saisir. Ses sens gorgés de terreur laissèrent les mots dériver sur le flot d'épouvante qui le submergeait.

« Un gosse ? » s'écria l'autre, abasourdi. Il tourna la tête un bref instant vers le prisonnier, se détourna. « Dis donc, peut-être qu'il disait vrai. Peut-être que c'était vraiment sa...

– Et toi, t'avais rien remarqué ? demanda le troisième homme au gardien de la fille, une nuance de mépris dans la voix.

– Quèque tu voulais que j'fasse ? Que je lui tâte le pouls dans le noir ?

– Elle est morte ou pas ? reprit l'autre avec impatience, sans penser un instant à épargner les sentiments du prisonnier.

– Ça m'en a tout l'air, mais moi j'y connais rien. Tout ce que je sais, c'est qu'elle a les yeux grands ouverts et qu'elle regarde pas. »

Le prisonnier se débattit frénétiquement, à tel point qu'il parut osciller comme la pale recourbée d'un ventilateur électrique arrivant en fin de course.

« Laissez-moi la voir ! Laissez-moi la voir !

– La ferme, Jack, gronda l'un d'eux, en lui donnant un petit coup sur la mâchoire – mais sans y mettre de force. Y a plus rien à voir. »

Il rejeta la tête en arrière, leva vers le ciel un regard aveugle et lança un cri à pleine puissance, un cri strident comme celui d'une femme, irraisonné comme celui d'un animal à l'agonie.

Puis ses mains se levèrent, les doigts recourbés, et s'enfoncèrent dans ses joues, les griffèrent, les labourèrent, comme pour tenter de les déchirer, de les arracher par leurs ligaments.

Il hurla : « Non ! » Puis il cria : « Non ! » Puis il gémit : « Non ! »

Ils avaient cessé de le maintenir, sachant qu'il n'était plus capable de bouger beaucoup.

Sa tête retomba en avant, comme pour tenter de se libérer de ses épaules. Lentement, il s'inclina vers le sol en gémissant, comme s'il cherchait à tâtons un objet qu'il aurait laissé tomber. Il décrivit en titubant un petit demi-cercle et s'effondra, poitrine en avant, contre l'aile de la voiture, le visage pressé contre le capot, les mains fermement cramponnées à sa nuque, comme pour empêcher son crâne d'exploser. Ses jambes, étendues derrière lui sur le sol, inertes, tressautaient spasmodiquement comme pour se replier sous lui, mais retombaient à chaque fois.

Dans son tourment, des mots de détresse lui échappaient, étouffés par la pression du capot de la voiture contre son nez et contre sa bouche.

« A moi ! Elle était à moi ! A moi ! A moi ! répétait-il sans fin, interminablement. Ma femme... c'était ma femme. Elle allait me donner un enfant. J'attendais qu'elle me donne cet enfant. Tous mes espoirs, mes rêves sont anéantis... Oh !

je veux quitter ce monde pourri ! Je veux quitter ce monde pourri !

– Ça va venir. Ça vient. »

Les yeux baissés vers lui n'exprimaient ni pitié ni douceur, aucun sentiment. C'étaient des yeux de pierre.

« Peu importe ce que vous allez me faire, dit-il. Je veux mourir.

– Parfait, lui dirent-ils. On va t'exaucer.

– Tuez-moi vite. Le plus vite possible.

– Ça se fera comme on l'entend. »

Il ne voulut pas marcher, ou ne le put pas. Le choc psychologique, sans doute. Ils le prirent chacun par une épaule, laissant traîner derrière lui ses jambes étendues, qui faisaient de petits bonds chaque fois qu'elles heurtaient des pierres ou d'autres obstacles.

Ils l'amenèrent au bord d'une fosse carrée creusée dans le sol et le laissèrent tomber face contre terre. Un puits désaffecté.

« Commence à creuser, Playback. »

C'était la première fois qu'ils échangeaient un nom entre eux.

« Le sale boulot, c'est toujours pour moi. »

Playback alla chercher une pelle dans la cabane à outils délabrée et délimita sur le sol une surface oblongue, qu'il se mit à débiter en mottes prêtes à jeter dans le puits.

L'autre homme dit au troisième :

« Ces lampes de poche vont pas suffire pour voir jusqu'au fond. Si on prenait un des phares de la voiture ?

– Pourquoi tu veux de la lumière, au juste ?

– Tu veux le voir mourir, non ? C'est la moitié du plaisir. En plus, pourrait y avoir des interstices entre les rondins pour laisser passer l'air.

– J'ai une rallonge qui fera l'affaire.

– Peu m'importe ce que vous faites, psalmodia l'homme allongé par terre. Je veux mourir.

– Toujours pour moi, le sale boulot », dit Playback.

On installa le phare détaché sur le rebord du puits. L'homme qui l'avait apporté retourna à la voiture pour l'actionner depuis le tableau de bord.

« Dépêchez-vous donc ! dit l'homme allongé sur le sol. Pour l'amour de Dieu, dépêchez-vous ! Que je puisse enfin mourir, comme je le désire ardemment ! »

Le plus proche des trois lui décocha un coup de pied au ras du sol.

« Ça va venir », promit-il.

On orienta le phare vers le bas, dans l'ouverture.

« Envoie le jus ! » lança avec précaution celui qui était à côté.

Une pâleur livide monta du fond, faisant paraître les ténèbres extérieures encore plus impénétrables. Leurs visages, maintenant baignés dans le reflet, ressemblaient à de hideux masques démoniaques dotés de fentes pour les yeux et pour la bouche.

L'autre revint de la voiture.

« Il nous faut beaucoup plus de terre que ça, dit avec mécontentement celui qui se tenait près de Playback, en mesurant le résultat de ses efforts.

– Le sale boulot, c'est toujours pour moi. »

L'autre lui arracha la pelle et se mit à creuser à sa place.

« S'il y a une chose qui m'agace, marmonna-t-il entre ses dents, c'est d'exécuter ce genre de mission avec un type qui n'arrête pas de râler. Il suffit d'un type comme toi pour gâcher le plaisir des autres. »

L'homme allongé sur le sol avait attrapé près de lui une petite pierre. Il referma sa main autour, leva vivement le bras et tenta de se fracasser le crâne.

Le plus proche des trois le vit juste à temps et dévia son geste d'un brusque coup de pied. La pierre roula et la main retomba inerte, bizarrement repliée vers l'extérieur, comme si le poignet était cassé.

Après ce fut le silence, troublé seulement par le bruit de la pelle mordant le sol et par le sifflement des pelletées de terre.

Ils le mirent debout, dos au puits.

Dans le ciel noir, désespéré, juste au-dessus de la ligne échancrée des arbres, trois étoiles formaient une implorante petite constellation. Nul ne les regarda, nul ne s'en soucia. C'était l'heure de la mort, non de la pitié.

Ses dernières paroles furent :

« Helen, ma bien-aimée. Attends-moi. Je viens te rejoindre. »

Ses dernières paroles en ce monde.

Puis ils le poussèrent dans le puits. Ou plutôt, ils le lâchèrent et il tomba tout seul, car il ne pouvait plus se tenir debout.

Il oscilla en arrière, en avant, et tomba. La chute ne fit pas trop de bruit. Le fond était encore détrempé par l'eau qu'il y avait eu. Il ne dut pas trop sentir le choc, de toute façon : il ne désirait plus vivre et il était tout flasque.

Il resta pelotonné là, comme dans un cercueil d'argile compacte.

Il remua un peu, exhala un petit soupir, comme un homme essayant de trouver sa position au lit.

Playback renversa sa pelle et une averse de mottes de terre s'abattit sur lui.

L'une des jambes repliées fut recouverte. Mais le visage affrontait encore la vague de terre, comme un nageur de crawl australien figé en plein effort, immobile, le visage sur l'épaule.

Playback jeta une autre pelletée et le visage disparut.

Une main émergea, hésitante, comme un animal cherchant son chemin dans le noir.

Playback jeta une autre pelletée et enfouit la main.

Cette fois, trois doigts rampants s'insinuèrent, tels les pattes d'un insecte titubant sur lequel on a marché. Ils n'allèrent pas plus loin que la seconde phalange.

« Si vraiment il veut mourir, pourquoi est-ce qu'il cherche à remonter à la surface pour respirer ? interrogea Playback, fasciné.

— C'est la nature, répondit doctement son voisin. Son esprit veut mourir mais son corps, lui, ne l'entend pas ainsi; il veut vivre quoi qu'on lui dise. »

Enfin, rien ne bougea plus.

« Ce coup-ci, il a son compte, décida-t-il après avoir observé attentivement encore quelques instants. Balancez la fille par-dessus, comblez le trou et filons d'ici. Un peu d'air frais ne nous fera pas de mal. »

Une fille ouvrit la porte et jeta un coup d'œil circonspect dans le couloir désert de l'hôtel. Puis, avec un signe de tête à quelqu'un derrière elle, elle souleva une petite valise et sortit sur le seuil.

C'était une blonde jolie et vulgaire, les deux à la fois.

« Arrive, dit-elle d'une voix altérée. Allons-y tant que la voie est libre. »

Un homme sortit derrière elle. Il avait les yeux d'un joueur de poker. Un joueur de poker dans une partie dont l'enjeu est la vie ou la mort. Il avait une certaine carrure, une certaine façon de marcher. Il était vêtu de gris.

Il referma la porte derrière lui, avec une discrétion née d'une longue pratique. Puis il s'arrêta et leva la main vers le battant.

La fille se tourna vers lui avec impatience.

« Encore! glapit-elle. Ce n'est pas le moment de jouer! Chaque fois que tu entres ou que tu sors, tu perds ton temps à ces enfantillages.

– Je suis un joueur professionnel, tu te souviens?

– Ah! ça oui, dit-elle d'un ton acerbe. C'est pour ça que tu es grillé maintenant. Si seulement tu payais tes dettes...

– Je suis superstitieux, et ce petit chiffre m'a admirablement bien réussi. Tous mes gros gains, je les ai faits grâce à des combinaisons avec un six dedans. »

Le 9 du numéro 119 avait perdu son rivet inférieur; il ne tenait plus que par celui du haut. Le faisant pivoter, l'homme le transforma en un 6 et le caressa affectueusement.

« Continue à me porter chance, comme toujours », dit-il doucement. Se tournant vers la fille, il ajouta :

« Tu ne m'as pas entendu demander le 116 quand on est venu se planquer ici? Seulement il était déjà pris... »

TABLE

DU MÊME AUTEUR

Aux Éditions Belfond :

LA TOILE DE L'ARAIGNÉE.

« Composition réalisée en ordinateur par IOTA »

IMPRIMÉ EN FRANCE PAR BRODARD ET TAUPIN
7, bd Romain-Rolland - Montrouge - Usine de La Flèche.
LIBRAIRIE GÉNÉRALE FRANÇAISE - 14, rue de l'Ancienne-Comédie - Paris.

ISBN : 2 - 253 - 03300 - 6 30/7475/4